反核の闘士ヴァヌヌと
私のイスラエル体験記

Mordechai Vanunu & Galiko Mieko

ガリコ美恵子

論　創　社

クリスティン、著者、ヴァヌヌ（2012年7月、本書216頁参照）

はじめに

一九九一年のイスラエルへの移住から、早くも二十五年が経とうとしている。イスラエルに暮らしてよかったことはあまりないが、この人に会えたことはよかったと思う人が一人いる。それはモルデハイ・ヴァヌヌである。

イスラエルは建国以来、パレスチナ人に対する弾圧・攻撃を徹底してきた。普通の神経をしていれば、イスラエルのやっていることは人道的に間違っていると感じるはずなのだが、一般のイスラエル人はそうは感じない。パレスチナ人はテロリストなのだと洗脳教育を受けて育つからである。

自国のやり方を批判するユダヤ系イスラエル人はごく稀であるなかヴァヌヌは、自国のアラブに対するやり方を、激しく非難し続けてきた。

一九五〇年代から、イスラエル南部の砂漠の町ディモーナにある核開発研究所では、核爆弾が密かに製造されていたが、政府は研究所の目的は平和利用だと断言していた。

一九七六年、ヴァヌヌは、核兵器が製造されている工場だとは知らずに、核開発研究所に就職し、勤めているうちにそこが単なる研究所ではないことに気づいた。時とともに彼は、「このままではパレスチナ人を筆頭に、全アラブ諸国がイスラエルの核兵器によって全滅させられる」という危機感を抱きはじめ、九年間科学技術者として勤務し続けるうちに、その危機感は深まった。

「イスラエルが極秘のうちに着々と進めている核兵器開発計画を止めさせなければならない。そのためにはまず事実を世界に知らせることが第一歩だ。イスラエルが進めているディモーナの核開発研究所の実態を世界に向けて発表しなければならない」

ヴァヌヌはこう考え、暴露準備の計画を練った。夜間勤務のマネージャーに昇格していた彼は、所内にカメラを持ち込み、研究所内の内部を計五十七枚撮影した。

政府がメディア操作しているイスラエル国内では、ニュースとして発信されることはあり得ない。しかも、そんなことをすれば、即、国家機密暴露の罪で逮捕され、よくて刑務所行き、悪ければ暗殺されることが容易に想像できた。そこで海外メディアにイスラエルの核兵器の実態を伝えようと考えた。

占領政策に突き進むユダヤ社会がつくづくイヤになり、旅先のオーストラリアでキリスト教に改宗したヴァヌヌは、一九八六年、イギリスの『サンデー・タイムズ』紙にイスラエルの核兵器開発計画についての内部告発書を、自ら撮影した写真の数々とともに渡したために、モサド（イスラエル秘密諜報機関）に追われるようになった。

イタリアでモサドに捕まった彼は、船でイスラエルに連れ戻され、「イスラエルを裏切り、スパイ行為を行なった」罪で十八年間刑務所に拘束された。そのうちの十三年間は独房だった。

ヴァヌヌは二〇〇四年に刑務所から釈放されたが、国外や占領地に行くことは許されず、外国人と口を利いてはならないなど多くの規制を受けたにもかかわらず、求められるままに外国人ジャーナリストのインタビューに応じ続けた。

その結果、「外国人と接触し、外国人のインタビューに答え、西岸地区に出かけた」罪で、六年近くにわたる裁判が繰り返され、二〇一〇年夏、最高裁判所の判決により、彼は再び約三カ月間独房に入れられた。

二度目に釈放された今も、言動、移動の自由を奪われたまま、ヴァヌヌは生きている。プライベートの相談に乗ってくれ、打ち明け話をすると興味を持って真剣に聞いてくれる、私にとって〝頼れる師〟であり、と同時に〝気心の知れた友〟であるモルデハイ・ヴァヌヌについて私が知っていることと、私がイスラエル国内で体験した様々な興味深い事柄について書きたいと思う。

二〇一六年十一月

ガリコ美恵子

反核の闘士ヴァヌヌと私のイスラエル体験記　目次

第1章　ヴァヌヌの闘い

1　イスラエルへの移民

モルデハイ・ヴァヌヌは、一九五四年十月十三日、父シュロモ、母マザルのもとに、十一人兄弟姉妹の次男として、モロッコのマラケシで生まれた。

両親は旧市街のユダヤ人地区で小さな雑貨屋を商っていた。通った小学校は旧市街の外にあり、イスラム教徒もユダヤ教徒も一緒で、仲がよかったのは旧市街に住むイスラム教徒の生徒だった。同じ地区に、母方の祖父が暗い家で一人暮らしていた。母以外は皆、イスラエルへ移民したからだ。心根の優しいヴァヌヌは幼い頃、一人暮らしをする祖父を労る気持ちから、よく母の料理を届けていた。

一九四七、四八年にパレスチナでナクバが起きた。ナクバとは大災厄という意味のアラビア語で、パレスチナ人のホロコーストとも言う。一九四七年から四八年にかけて多くのパレスチナ人の村が焼かれ、破壊され、虐殺、追放された。

パレスチナを委任統治していたイギリスがまずパレスチナ人を追放したが、イギリス撤退後、ユダヤ軍がパレスチナ人を虐殺、追放、村を破壊した。第一次中東戦争で勝利したイスラエルは大幅に国土を広げ、世界的にシオニズム運動が盛んになるとともに、反ユダヤ思想が高まって、多くのユダヤ人がイスラエルへ移民し続けた。

少年期時代、ヴァヌヌ自身はユダヤ人だからと言って、偏見の目で見られたり差別されたことはなかった。時々、市場などで大人同士がつまらない喧嘩をしたり、それにちょっと毛がはえたような殴り合いはあったが、「異教徒間の衝突」と呼ぶほどのことでもなく、アラブ人はユダヤ人に対してとても親切だった。

一九六三年に病床に伏していた祖父が死去した。イスラエルに移民するユダヤ人の勢いはますます盛んになっていた頃である。シオニズム運動の勢いに、ついに父は店を売り、イスラエルへ移民する決心をした。

イスラエルへの出発の日、母は子供たちにフランス風のオシャレな洋服を着せた。一家はマラケシから汽車に乗ってカサブランカに着いた後、船でマルセイユに向かった。マルセイユではドイツ政府のユダヤ人専用難民キャンプに一カ月滞在した。そこで、父はイスラエルで使用するための冷蔵庫や洗濯機を買った。それから大きな船に乗って、イスラエル北部の港町ハイファに到着した。

当時すでに都会となりつつあったテル・アヴィヴへの移住を父は希望したが、移民局は一家をイスラエル南部にある砂漠の町ベエルシェバに送り込み、政府支給の木造アパートに住まわせた。モロッコを発つ前に聞いていたこととは違っていた。

イスラエル建国当初、北欧から移民したユダヤ人とアラブ諸国から移民したユダヤ人との間には、移民当局の対応に差があった。ヴァヌヌ一家も、スファラディ（アラブ諸国出身のユダヤ人）に対する差別を味わった。政府が支給したアパートには電気が通っておらず、せっかく買った電気製品は使うことさえできなかった。

ショックを受けた父は、数日家族の誰とも口を利かずにいたが、しばらくすると気を取り直し、町で仕事を見つけて働きだした。貧しい暮らしだったが、働き者で節約家の父は、のちに小さな店を買い取って商売を始め、一家はユダヤ教正統派が多く住む地域に引っ越し、他の住民と同様、今苦しい思いをしても次の世代になればマシになるだろう、という希望を胸に、つつましく暮らし、モロッコに住んでいた時よりもユダヤの戒律を厳格に守るようになった。

シャバット（安息日）中はラジオが消されるようになり、父はシナゴーク（ユダヤ教礼拝所）に毎日出かけ、近所の人々からは宗教者として尊敬されるようになった。モロッコに住んでいた頃、外出時だけ髪を隠していた母は、家の中でも髪を隠すようになった。

父は息子たちをユダヤ教正統派の神学校ベイト・ヤコブ小学校に通わせ、息子たちが中学にあがると、神学校の寄宿舎に入れた。ヴァヌヌも、例外にもれず十三歳でイェシバ（ユダヤ教の神学校）の寄宿学校に入った。

中学生になったヴァヌヌは、生まれ故郷で自分が仲よく一緒に遊んでいたアラブ民族が、イスラエルでは差別され、惨めな待遇を受けているのを目の当たりにした。イスラエルで普通になされる、宗教による人種差別にヴァヌヌは首を傾げ、不信感を持ちはじめた。ロシア系やヨーロッパ系のユダヤ人に主導権が握られていた当時のイスラエル社会で、アラブ諸国からの移民が差別を受けていることにも疑問を抱いた。

成績は中ほど、クラスで特に目立つところのなかったヴァヌヌだが、ユダヤ教の研究よりも夢中になったのは読書とクラシック音楽鑑賞だった。

高校を卒業すると、国民の義務である兵役に就いた。理科系が得意だった彼は、陸軍戦闘工学部隊に配属され、工兵になった。一九七三年に第四次中東戦争が始まると、ゴラン高原に配置された。ここで、それまで胸に描いていたものとは異なる「戦争」の実態を知り、愕然としたヴァヌヌは、「周辺アラブ諸国はユダヤの敵であり、ユダヤ人が生存するためには戦争は免れない」と国が主張する戦争の正当性に、憤りを抱いた。

ヴァヌヌが二十八歳のとき、第一次レバノン侵攻（一九八二―八三年）が勃発した。戦争は罪のない人々を巻き込み、殺すことだと、過去の戦争体験で十分にわかっていた彼は、予備役として召集されたが、言われたとおり基地に行き、戦闘拒否を申し出た。「前線には行きません」。基地の食堂で飯を作るだけならする。戦闘に関係のないことならやるが、前線には絶対行かない」と。

それまでイスラエルで戦闘を拒否する兵士はいなかった。ヴァヌヌの戦闘拒否に意表をつかれた軍部は対処方法を出しかね、ヴァヌヌを刑務所に入れることなく家に帰らせた。イスラエルの中心部テル・アヴィヴやエルサレムでは、平和活動団体のマツペンやイエシ・グブールらによる反戦デモが開かれていた。ヴァヌヌと同じ考えで、当時戦闘拒否した者は全国に合計六十人いた。八三年に開かれた反戦デモには十万人の市民が参加した。

2　ディモーナ核開発研究所

最初の兵役を終了した後、ユダヤ教正統派としての生活も、神学校で旧約聖書の研究を続けることもイヤになったヴァヌヌは、父の反対を押しきって、一般大学であるテル・アヴィヴ大学に進学した。このあたりから、父は息子を問題児として見るようになった。しかしヴァヌヌは大学に馴染めず、一年で中退した。

だからといって、宗教徒としての生活に戻ったわけではない。一般社会で仕事を見つけようと決心した。そんなある日、弟メイールが、「イスラエル南部にあるネゲブ砂漠のディモーナに建てられた核開発研究所が技術作業員の募集をしている」と知らせてくれた。

一九五〇年代から六〇年代にかけて建設されたこの核開発研究所の目的は、工業、農業、健康、科学などの「平和利用」とうたわれていた。理科系が得意だったヴァヌヌはさっそく応募し、二十二歳で技術研修員として働きだした。初めの約二年間は研究員だったが、その後の七年間は、イスラエルのトップシークレットであるマホン２（地下に建てられた極秘棟）で、夜間勤務の技術者となった。

しばらくすると物理・化学作業の的確さと勤勉さと責任感の強さが認められ、夜間勤務のマネージャーに昇格したヴァヌヌは、小さなアパートを購入した。研究所は職員の希望に応じて奨学金を出すシステムをとっていたので、ヴァヌヌはもう一度大学で勉強する決心をし、ベングリオン大学に入学した。専門は地理学と哲学だった。昼は大学に通い、夜は研究所で勤務するという生活を、卒業まで続けた。

研究所の敷地は高圧電流フェンスで囲まれ、部外者が敷地内に侵入しようとすれば感電する。建物の周囲は幅三メートルの砂地で、毎日ブルドーザーで均していた。停電などの緊急事態の場合は感電しなくても、砂地で足跡がわかるようになっていた。職員は通勤時、研究所専用バスに乗る。バスは厳重なセキュリティチェックを受けて玄関を通過し、従業員が建物に入る際、再度手荷物と身体チェックが行なわれる。

研究所敷地内とその付近には、対空ミサイルが設置され、研究所上空圏を無許可で飛行する物体は即刻撃ち落とされる仕組みになっていた。

一九六七年に、操縦を誤り研究所上空圏内を飛行したイスラエル空軍機が、即ミサイルに撃ち落とされる事件が起きている。一般市民に秘密にしてきたイスラエル軍の機密が隠されているからだ。研究所の先輩がヴァヌヌにこう話したことがある。

「六〇年代、外国のスパイ機がこの研究所を偵察に来た。偵察機が上空から研究所を観察した結果、本当にこの研究所が平和利用のためだけに建設されているのか不審だと言って引かなかった。確認させろと、検査官チームを送り込んできたんだ。地下に抜けるドアは一つしかないだろう。そのドアを、急いでコンクリートで封じて、絵とか植木とかで飾りつけして、ドアの存在を検察官には絶対に見えないようにした。検察官は不審を抱いていたが、何も発見できなかったと言って帰っていったよ」

職員が研究所内の詳細を口にすることは、家族であっても絶対に許されなかった。口外すれば禁固刑にされるという規則がある。相手が同じ部署の職員であってもだ。

ある日ヴァヌヌは、科学者の一人に質問した。「リチウム6は何に使われるのか」答えは、「我々の職務は〝作業する〟ことで、質問することではない」だった。作業に携わる者になら、研究所が「核兵器」を作っていることは明らかなのに、誰もそのことに触れようとしないのだった。

3　アラブ人学生との出会い

イスラエル社会が間違ったことをしているのではないかという気持ちは、少年時代から心の中に蓄積されていた。大学で多くのアラブ人学生（一九四八年以降に市民権を得た、イスラエルに住むパレスチナ人。アラブ・イスラエリー48と呼ばれる）に出会い、移民するまで聞かされてきた、未開拓の無人の地パレスチナというのは嘘であったこと、もともとここにいたパレスチナ人が、社会的に差別、抑圧、さらには追放されていたことを知って、何がおかしいのかがはっきりわかった。

イスラエルは、ここに先住民がいたことを隠していたのだ。彼らを追いやり、差別し、虐待している……。心の奥底から怒りがふつふつと湧くのを感じた。

「差別は間違っている。宗教で人を区別し、苦しめ、抑圧することは間違っている」。モロッコからこの地に移民した頃、自分を含めたアラブ諸国からの移民がイスラエル社会で差別されたことを思い出した。その一方、逆境にありながらもイスラエル社会で逞しく生きる彼らに、ヴァヌヌは共感を持つようになり、ますますアラブ人の友人が増えていった。

哲学は、ヴァヌヌにとって、心の根だ。口数が少なく、思ったことを言葉にすることのなかったヴァヌヌだったが、哲学を学んだことで大きく変わった。自分の思いを言葉で表現し、行動するようになったのだ。ヴァヌヌはアラブ人学生の仲間とともに、「アラブ・ユダヤ共同の人権保護団体」を結成した。さらには、平和を維持するための運動団体「アラブ・ユニオン」を結成し、活発に活動した。核開発研究所の夜間勤務と、学問と、平和活動を並行して続けた、多忙な学生生活だった。

ある日、大学の構内でアラブ学生集会を仲間と開いた。集会には百名ほどの学生が集まった。参加者は、ヴァヌヌ以外全員アラブ人だった。ヴァヌヌはパレスチナ国旗をバックに掲げたステージで、学生たちに元気一杯呼びかけた。

「皆さん、私はモロッコからやってきました。私を含むユダヤ人は、『国連の取り決めでユダヤ国家が誕生した。そこは人の住んでいない、ユダヤ人に約束された土地である』と聞かされてやってきました。私たちが住む土地を確保するために、パレスチナでは多くの村が焼かれ、人々が追放され、虐殺されたことは知らされていなかったのです。しかし今、本当のことを知って、黙っていられなくなりました。

私たちユダヤ人はずっとここで暮らしてきたパレスチナ人に酷いことをしてしまいました。そのことを詫びたいと思います。そしてイスラエル人はシオニスト（ユダヤ民族主義）のイデオロギーが人道的な間違いを起こしていることに気づき、反省すべきだと思います。ここはパレスチナです。パレスチナ国家があるべきなのです。皆さん、ともにパレスチナ国家を設立しましょう」

学生たちはヴァヌヌのスピーチに感激し、共感の拍手で応えてくれた。

今でもイスラエルでは多くの国民が、イスラエルは空地に建国されたと勘違いしている。学校や社会で繰り返しそう教えられるからだ。

4　ディモーナ核開発研究所を解雇される

ディモーナ核開発研究所に勤務するヴァヌヌは大変なことに気が付いた。核の危険性である。癌で早死にする作業員が周囲にたくさんいたのだ。原因不明の急死を遂げる作業員もいた。「これは単なる偶然ではない。被曝が原因ではないだろうか」

おまけにもっと恐ろしいことに気づいてしまった。核爆弾だ。それは、ヴァヌヌが担当していた地下極秘棟の第五研究室で行われていた。

地下極秘棟へ足を踏み入れることが許されるのは、そこで働く作業員のみだった。核開発研究所は上空から見ると、大きな球状の建物と窓のない二階建ての建物とから成っている。しかし実際は地下四階まであり、地下一階から地下四階で核兵器の開発が行われている。それを知るのは、極秘棟勤務の作業員とイスラエルの首相を含むほんのわずかの限られた人のみで、口外は堅く禁じられていた。

核爆弾の実験台にされた広島・長崎の、被災地や被災者の写真がたくさん載せられた本をヴァヌヌは図書館で読んだ。核爆弾の危険性は明らかだった。

イスラエルが核爆弾を持つことは、中近東諸国にとって非常に危険だ。本当のことを言わず、あいまいな返答で人をたぶらかすやり方はイスラエル人がよく使う手だが、イスラエルの首脳も、核兵器所有の有無に関して、こう言うだけだった。「中近東諸国で、イスラエルが核兵器を最初に使用することはない」。核兵器所持が明らかになった今でも、政府首脳は同じセリフを吐いている。

ヴァヌヌは悩んだ。悩みに悩み、兄弟で一番仲のよかった弟のメイールや、大学の友人に核の危険性を訴えた。そして、世界に知られていないイスラエルの核兵器保持の機密に自分が関わった記録として、所内の写真を撮ることを決めた。心のどこかに、イスラエルがこのまま核兵器の開発を秘密裡に続けるのなら、その事実を世界に知らせる時がいつかあるかも知れないという考えもあった。

夜間勤務の交代時、地下室に誰もいなくなる時間が三十分ほどあった。研究所の職員出入口には厳重なセキュリティシステムが設置されており、警備員が出入りする職員を検査するのだが、長年勤務するヴァヌヌに対する警備員の警戒はゆるかった。厳重なセキュリティチェックにもかかわらず、鞄の中に忍ばせたカメラは見つけられなかった。

研究所内にカメラを持ち込むことに成功したヴァヌヌは、極秘棟内部や核爆弾の写真を、その三十分ほどの間に、何度かに分けて撮った。撮影した写真は全部で五十七枚あった。

研究所内での撮影は発覚しなかったが、予算減を理由に彼は解雇された。しかし、ヴァヌヌが労働組合に報告したため、訴訟を恐れた研究所は職場復帰させたが、科学作業員からははずされ、今まで従事してきたこととまったく関係のない事務仕事に回された。学生時代に「アラブ学生集会に参加し、パレスチナ国家の創立を呼びかけた」ことが理由だった。イスラエルで左派運動をする者に対する弾圧は今でもあるが、その典型的な例だった。

ヴァヌヌは退職願を出した。後日発覚したことだが、研究所の職員セキュリティファイルには「モルデハイ・ヴァヌヌ＝左派、親アラブ」と記録されていた。

失業したヴァヌヌはアパートを売って外国旅行の旅費にした。核兵器保有の有無を隠すイスラエル政府の方針や、パレスチナ人を搾取・弾圧する占領政策、シオニズム（イスラエルの地（パレスチナ）にユダヤ人国家を作ろうとする運動）を良しとするイスラエル社会へのもやもやした怒りとともに、勤務中に撮影した写真のネガを鞄に詰めて、ヴァヌヌは一九八六年一月、バックパッカーの旅に出た。

5　チェルノブイリ・ショック

最初はタイに飛んだ。バンコクから陸路でチェンマイ、そしてビルマのラングーン、ネパールのカトマンズ、ポカラへ旅した。楽しい日々が過ぎていった。陸路でシンガポールに移動し、そこからジャカルタへ飛び、飛行機を乗り継いでオーストラリアのシドニーにたどり着いた。

旅をしながらイスラエルでの人生を思い返し、自分がユダヤ人であることがつくづくイヤになっていた。そんな時、シドニーの町角で通りかかったキリスト教会に、ふと足を踏み入れた。そこではユダヤ教にはない教えを説いていた。「神に誓い、人は人として人間性を重視すべきである」という教えには特に心惹かれた。何度かその教会に足を運ぶうち、神父が快く受け入れてくれたことも助けとなり、キリスト教への改宗を決心した。

そしてヴァヌヌは、オーストラリアのバプティスト教会で洗礼を受け、キリスト教徒の名前ジョン・クロスマン・モルデハイ・ヴァヌヌに改名した。改宗に際し、ヴァヌヌは近辺の人々にこう話した。「改宗した私を、私の家族、特に父は許さないだろうし、彼にとって私はもう死んだも同然だろう。それでも私はユダヤ人として生きることを拒む」

オーストラリアに滞在して間もなく、恐ろしい事故が起こった。一九八六年四月二十六日、チェルノブイリ原子力発電所が爆発したのである。ショックだった。恐れていたことが起こったのである。核は廃止しなければ危険だ。しかもイスラエルには核兵器がある。世界にイスラエルの核兵器保有の事実を伝えなければいけない。何日も考えた。

キリスト教会のゲストハウスに移り住み、教会でキリスト教の教えを毎日学んでいたヴァヌヌは、まずイスラエルの核兵器の現状を教会関係者に話した。そして、以前から考えていた、「イスラエルの核兵器開発研究の実態」を世界に向けて暴露することを決意した。

暴露により自分がモサドに追われるであろうこと、自分が暗殺される可能性さえあり得ることもわかっていた。しかし、チェルノブイリで事故が起こり、その悲惨な事態をニュースで知って、とうとう黙っていられなくなった。

七月二十九日、ヴァヌヌはシドニーの写真店でイスラエルから持ってきた二本のフィルムを現像した。そして弟のメイールに手紙で「暴露」の決意を伝え、家族に心配させ迷惑をかけることになるだろう、と詫びた。

6 ロンドンのメディアで暴露へ

夏のある日、ヴァヌヌは米国コロンビア出身のオスカー・ゲレロと知り合った。ゲレロは愛想のよい気さくな青年で、教会建物の塗装作業をしていたが、自称有名ジャーナリストだった。作業中に、イスラエルの核兵器に関するヴァヌヌの話を立ち聞きしたゲレロは、「俺に詳しい話を聞かせてくれ。俺に任せればきちんとした記事にしてやる。なんせこれは、ウォーターゲート事件以来の大スクープだからな」と持ちかけてきた。

ゲレロは口が達者で説得上手、それに遊び好き。将来金持ちになって優雅に暮らす夢を食って生きているような男だった。ヴァヌヌがそれまで知り合ったことのない男だった。ゲレロはヴァヌヌの暴露証言を大手メディアに売り込めば大金が舞い込むと踏んだ。当時のヴァヌヌはうぶだった。友人が自分を売り飛ばすとは思いもせず、大手メディアにこの事実を信じてもらうために写真を数枚貸してくれとゲレロが言ってきたので、七枚を貸した。

ゲレロは、「スクープになりそうな記事を書かせてくれるだろう大物」を紹介して紹介料を稼ごうと、アメリカの『ウィークリー・ニューズウィーク』誌の記者カール・ロビンソン氏に偽名を使って電話をした。ヴァヌヌはロビンソンと数時間だけ会って話をした。ヴァヌヌは落ち着かなかった。モサドに追跡される恐れがあったし、本当に自分は自国の機秘を暴露する決意ができているのか自問して、気持ちが揺らいだ。そして数日後、ロビンソンとの話を断った。

なかなか金にならないのでゲレロは、在オーストラリアのイスラエル大使館にヴァヌヌの件を密告した。こういった不人情な人はどこの世界にでもいるものだ。ゲレロはヴァヌヌの氏名とパスポート番号を大使館に渡した。イスラエル当局はすぐにモサドを派遣し、ヴァヌヌの尾行を開始した。

ゲレロは諦めなかった。次は、イギリスのサンデー・タイムズ社の記者ピーター・ホーナンにヴァヌヌを紹介した。話を聞いたピーターは、記事にしたいと言ってきた。ヴァヌヌはピーターが誠実で信頼できるジャーナリストであると直感し、ピーターに任せることに決め、暴露記事の準備をするために、ピーターとともにロンドンへ飛んだ。

ヴァヌヌもピーターも気づいていなかったが、同じ飛行機にモサドも乗っていた。暴露記事が発表されれば当局に追跡される、と予想していたヴァヌヌだが、イスラエル当局がすでに自分を追っているとは思ってもみなかった。

ヴァヌヌはロンドンのサンデー・タイムズ社の会議室で、ディモーナ核開発研究所の地下極秘棟で、イスラエルがどのように核兵器開発を行なっているかを説明した。さらに、イギリスの原子力科学者フランク博士に面会し、研究所で使用されている化学物質の分解法を話した。

この時フランク博士の胸のうちに疑問が湧き上がった。「これが本当なら、なぜこれほど重要な機密内容を内部関係者が外部に漏らすのか」フランク博士は考えた。「イスラエルがこれほど大量の秘密兵器を保有している事実を知れば、近隣のアラブ諸国は恐れをなすであろう。それはかえってイスラエルにとって有利なことだ。もしかするとこれは、アラブ諸国をびくつかせるためのイスラエルの罠かもしれない」

フランク博士を囲む記事担当者たちは、情報が誤っていないかどうかを確認するため、その情報を、在イギリス・イスラエル大使館に確認した。知らされたイスラエル外務省が驚いたことは言うまでもない。

当時の外務大臣シモン・ペレスは、イスラエル国内のメディアすべてにこの一件を伝え、「イスラエルの核に関することは、何を知ってもいっさい記事にするな。海外メディアが発表したことだけ、記事にすることを許可する」と内密で指示を与えた。サンデー・タイムズ社が確認作業に時間をかけているあいだにも、モサドの手がすぐそこまで来ていた。

モサドはヴァヌヌが外出している隙に、滞在していたホテルの部屋に盗聴器を仕掛け、尾行した。さらにモルデハイ・ヴァヌヌと名乗る人物が実際にディモーナ核開発研究所で働いていた者と同一人物であるか、そして彼が本当にイスラエルの核兵器開発の実態を暴露しようとしているのかを確認するために、わざわざヨランという研究所の元同僚をロンドンまで来させた。

ある日、ヨランが歩道の向こう側からやって来て、まるで偶然出会ったかのように、ヴァヌヌに声をかけてきた。「やあ、君もロンドンに来ていたのか」。久しぶりだから一緒に食事しようと、ヨランは夕食に誘った。ヴァヌヌはそれほど仲よしでもなかったけれど、海外で偶然出会えば懐かしくもあり彼の誘いを承諾したが、罠かも知れないと懸念して、サンデー・タイムズ社でインターン中のユダヤ系英国人ウェンディを同伴した。

ヨランはロンドンに恋人のドリットを連れて来ていた。翌日、ヨランとドリットが泊まっていたホテルに約束どおりヴァヌヌとウェンディが訪ねると、ヨランはまだシャワーを浴びていないから部屋で待ってくれと言った。ヴァヌヌとウェンディが、「君らの部屋で待つよりホテルのバーで飲んで待つよ」と言うと、ヨランは強引に引き止めようとしたが、ヴァヌヌは笑ってそれを退けた。シャワーを浴び終えたヨランとホテルのバーで落ち合ったヴァヌヌたちはピザを食べに出かけた。

ヨランはピザを食べながら、ヴァヌヌに真相を確認した。ヴァヌヌは自分がしようとしていることを話して聞かせた。するとヨランは急に顔色を変え、暴露に反対し、やめさせようと説得を始めた。

パレスチナ問題を引き合いに出しヴァヌヌを怒らせた。ヨランは、今でも多くのイスラエル人がよく口にする「アラブ人はユダヤ人を海に突き落とそうとしている」と信じている男だった。気を悪くしたヴァヌヌは、こう言ってレストランを出た。「もう決めたんだ。イスラエルが核兵器を保有していることを世界は知る権利がある。世界中に知らせて、イスラエルの核兵器開発を阻止させなければならない」

ヴァヌヌ曰く。

「ヨランがロンドンの路上に突然現われたこと、もともとそれほど仲よくしていたわけではないのに夕食に招待されたこと、シャワーをするあいだ、部屋で待ってくれと引き止められたこと、なぜそんなに必死に引き止めるのかと聞いた時にドリットが『ヴァヌヌが逃げるかもしれないから』と答えたこと、自分が新聞に暴露しようとしている内容を打ち明けた時にヨランが必死に止めたことなど、刑務所の中で記憶をたどるうちに、すべてモサドの作戦だったことに、後で気づいた。とにかくモサドは、〝ヨラン作戦〟で失敗したから、次の手に出たんだ」

ゲレロもロンドンまでヴァヌヌを追ってきていた。サンデー・タイムズ社は記事が発表されたら即、紹介料をゲレロに支払う約束をしていたが、別口でも一儲けしようと考えていたゲレロは、暴露証言がいっこうに記事にならないことにヴァヌヌがイライラし始めていたのを逆手にとって、『サンデー・ミラー』というゴシップ新聞（『デイリー・ミラー』の姉妹紙。日曜版）に、暴露証言を記事にしないかと持ちかけた。ヴァヌヌは、『サンデー・タイムズ』と同時に発表するならかまわないと承諾した。

しかしオスカー・ゲレロは、ヴァヌヌとの約束を破って、『サンデー・タイムズ』よりも先に、『サンデー・ミラー』紙に記事を発表させた。「イスラエルの核の詐欺師と不思議なケース」というタイトルで、「これが本当だったらすごいことだけど、どうなんだろうな？」といったゴシップ調で、イスラエルの核兵器所有の有無を問う記事を発表したのである。あることないことごっちゃまぜで書かれていたが、掲載された写真は本物のディモーナ核開発研究所だった。

7　モサドに拉致される

いつも世の中のゴシップばかりを扱っている『サンデー・ミラー』紙が、暴露記事をいきなり世に出したことに意表をつかれた外務大臣シモン・ペレスは、モサド長官にこう命令を下した。「生きたままでも、殺してでも、イスラエルに連れ戻せ。しかしイギリスの国境警備の目をくぐって出国させるのはほぼ不可能だ。ならばいったんヴァヌヌをイギリス国外におびき出し、そこから本国に連行せよ」

ヴァヌヌは孤独だった。七年間の地下室での夜間勤務、その後の一人旅、そして今はロンドンのホテルで一人記事の発表を待つ。時折、社の担当者が食事に誘ってくれたが、ほとんどの時間を読書に費やしていた。

そんなある日、いかにも「一人旅です」と言わんばかりに観光ガイドブックを脇に抱えた女性が、本屋で立ち読みしていたヴァヌヌのそばを通りすぎた。好みのタイプだった。ゆったりとしたウエーブの長い金髪、スマートな装い。声をかけたくなるようなすこぶる美人だった。

すれ違った瞬間、目が合った。翌日、川辺の古本市に出かけると、その女性の姿をまた見かけた。昨日の美女だ、と目で追った瞬間、彼女の手からガイドブックがすべり落ちた。ヴァヌヌは駆け寄って地面から拾い上げ、声をかけた。「ご旅行ですか」「そうよ、あなたも?」おしゃべりしだすと、あっという間に時が過ぎた。

シンディと名乗る米国美女は、フィラディルフィア出身の二十六歳で、読書家、しかもなんという偶然、音楽の趣味がピッタリ合った。それからというもの、毎日彼女と会い、カフェでおしゃべりして、川辺を歩いた。デートを重ねるうちに、当然のことながら惚れてしまった。

モサドは、ヴァヌヌの趣味と好みの女性タイプを、元職場の仲間やベングリオン大学の学生たちの証言をもとに検討した結果、この女性を使うことにしたようだ。

暴露記事発表の数日前、シンディに「オペラ鑑賞に、ローマに行きましょう」とせがまれた。シンディの話では、ローマに住んでいる兄が休暇に出かけて、アパートが空いている、という。ヴァヌヌは、「いい気晴らしになるだろう。モサドに追跡されるのは記事の発表後だろうし」と安易に考えた。しかも、生まれて初めて夢中になった好みの女性との関係がローマで進展するかもしれない、という期待もあった。

一方、記事の発表日が決定されると、暴露記事担当者であるピーター・ホーナンは同僚を伴い、在イギリスのイスラエル大使館に赴いた。発表予定の記事内容を告げ、それに対する公式コメントを求めるためだったが、事実関係の確認をするという意味も兼ねていた。イスラエル外交官は書面を見て言葉を失い、体を震わせこう言った。「私には即答できない、後日連絡する」

ピーターは後日、著書『ウーマン・フローム・モサド』で、こう記述している。

「イスラエル大使館の門前に、二人のイスラエル人らしき人物が立っているのがタクシーの中からちらりと見えた。一人はヴィデオカメラを抱え、もう一人はアタッシュケースを抱えていた。彼らは、自分たちが大使館から出た時もそこにいた」。翌日、外交官が電話で伝えてきた返答は短いものだった。「この件に関してはこれまでも貴国のメディアで報道されてきたが、信憑性はまったくない、取るに足らない話である」。それはまったくの嘘だった。イスラエル軍の最高機密である核兵器開発の正確な内容が暴露されたのは前代未聞のことだった。

「シンディとローマに行って来る」。ヴァヌヌが告げると、『サンデー・タイムズ』の担当者は、「罠かも知れないから行くな」と注意した。オーストラリアの教会の神父にもローマ行きを告げたが、神父もヴァヌヌがイギリスから離れることに反対した。

しかしヴァヌヌには、シンディが自分に嘘をついているとは思えなかった。愛しのシンディの言葉を信じて、小さな鞄を一つだけ抱え、英国航空ローマ行き五〇四便に乗り込んだ。ローマに到着すると、友人だというイタリア人の男性が大きな花束を胸に抱え、待っていた。挨拶を交わし、三人でタクシーに乗り、アパートに直行した。モサドが工作した罠だとは思ってもみなかった。

アパートの部屋に入ると、ドアの両脇から急に出てきた男性二人に腕をつかまれ、注射され意識を失った。モサドに薬物注射されたのだ。気が付くと船の中だった。長旅の後、ヴァヌヌを乗せた貨物船はイスラエルの北部、ケイサリアの港に着いた。

ヴァヌヌ曰く。「彼女はユダヤ人には見えなかった。空港に迎えに来たイタリア人は本当はシンディの知り合いでも何でもなく、イタリア秘密諜報機関かＣＩＡ（アメリカ中央情報局）のどちらかだろう。シンディもその男も、モサドに協力するために送り込まれ、空港に持ってきた花束は目印だったようだ」

『ウーマン・フローム・モサド』に、シンディとされる写真が載っているが、写っているのは、愛嬌はあるが決して美女とは言いがたい金髪女だ。ピーターはイスラエル当局に、「この写真をシンディだと書いて載せろ」と強制されたようだ。拒否したら、当局の圧力で出版できないのがイヤで、ピーターはその写真を載せたに違いない。つまり、本物のシンディが何者だったのかは、現在も謎のままである。

8　イスラエルの核開発を世界に告発

「ローマに到着したら、すぐに連絡をする」と約束したヴァヌヌから何の連絡もないまま、時間が経っていった。記事の発表予定日は九月二十八日だったが、イスラエル側の公式コメントはつかみどころのないもので、しかもヴァヌヌが行方不明になり、発表を遅らせることになった。

サンデー・タイムズ社は、どんな対策を取るべきか答えが出せないでいたが、このままではヴァヌヌがイスラエル当局に暗殺される可能性が大きいだろうと結論し、それまで足踏みしていた暴露記事「イスラエル核開発の現状」を、ヴァヌヌ撮影の衝撃的な写真の数々とともに、一九八六年十月六日に発表した。

フュージョン・ブースティッド・フィッション爆弾を作る際に投入されるトリチウムの生産に必要とされるリチウム6の分解法の詳細が示され、イギリスの物理専門家が、「イスラエルは単段ブースト爆弾を作れるだろう」と結論づけたことも記載された。それまで上空からは確認できなかった、研究所地下のオペレーションの様子と、実際に存在する核爆弾が明確に示されたのである。

記事には、イスラエルがニュートロンなどの二段階熱核爆弾を作っていた具体的な証拠は示されていない。ヴァヌヌは研究所の一定の部署にのみ配置されていたので、製造工程を説明するには限界があったからだ。

ヴァヌヌはプルトニウムの処理方法を説明し、年に三〇キログラムのプルトニウムが製造されること、イスラエルでは核兵器一個に対してプルトニウム四キログラムを使用することを示した。これにより、イスラエルが年間十個あまりの核爆弾を作っているという事実と、当時すでに約百五十個から二百個の核爆弾を所有していたことが明らかになった。

記事により、全世界が泡を吹き、イスラエルは各国から大変なバッシングを受けた。『サンデー・タイムズ』は、「現在ヴァヌヌは行方不明になっている」と書いた。彼らは、そうしなければヴァヌヌの命が危ないとわかっていたのだ。

シモン・ペレス外務大臣は、『サンデー・タイムズ』の記事がイスラエル国民に知られることを恐れ、ニュース発表を遅らせるよう国内の各新聞社に要請した。ヴァヌヌは独房に監禁されていたが、ある日、暴露記事が掲載された新聞を刑務所の職員が持ってきた。ヴァヌヌは嬉しかった。自分は捕まってしまったが、自分が試みた核兵器の実情暴露は実現できたのだ。

翌年二月二十二日、軍警察の車に乗せられたヴァヌヌがテレビに数秒映された。一言も発せられないように、隣に座った兵士の手で、ヴァヌヌの口は塞がれていた。車は、集まった国内報道陣を避けるように、アシュケロン刑務所に向かって走り去った。

発車寸前、イスラエル人記者が「あなたはどこで捕まったんですか？」と車内のヴァヌヌに大声で聞いた。話すことが許されないヴァヌヌは、前もって手の平に書いておいたメッセージを、窓ガラス越しに見せた。手の平にはこう書かれていた。「私はモルデハイ・ヴァヌヌだ。英国航空五〇四便でローマに行き、誘拐された」

自国が極秘で核兵器を作り、所有していることを、イスラエル国民は初めて知った。そして、その内情を海外メディアに暴露したイスラエル人がいて、モサドによりイスラエルに連れ戻されたことも、国民は同時に知った。

9　十八年間の獄中生活

ヴァヌヌの独房には小さなベッドとトイレがあった。一定時間だけ運動時間と称し、刑務所の中庭に出される以外、十三年間という長い年月をヴァヌヌは独房で過ごした。食事時間はばらばらで、空腹でどうしようもなくなるほど待たされたり、まるでうっかり忘れているかのように、運ばれないこともあった。部屋の電灯は二十四時間煌々とヴァヌヌを照らし、ゆっくり眠ることは難かしかった。眠りにつこうとすると、当時若者の間で流行していたヘビー・ロックや連続した機械音など、彼には騒音としか思えない音が、飛び起きるほどのボリュームで流されることも度々だった。どこからか水が一滴ずつ落ちる音が何日も連続して聞こえることもあった。連続する水滴の音は、人を発狂させる効果がある。騒音攻めや、水滴音攻め、空腹攻めで苦しめるのは、イスラエルの刑務所でパレスチナ人に対して今も行われている精神虐待、拷問の一つである。

ヴァヌヌに対する裁判は、一九八七年八月、未公開で開始された。一九八八年五月には、最高裁の決定により、ヴァヌヌは「反逆罪・スパイ罪により十八年間の懲役刑」を受けた。しかし、彼は諦めず、最高裁に「刑の見直し」を訴えた。独房による精神不良も訴えた。気が狂いそうだと感じたからだ。しかし刑の見直し申請も、共同房に移してくれという申請も、ことごとく却下された。

さらに一九九八年ヴァヌヌは、「イスラエル市民権の破棄」を申請し却下されたが、独房による精神不良の訴えは聞き入れられ、ようやく一九九九年、口数の少ない男性との二人部屋に移された。

10 イスラエル国内の反応

社会はヴァヌヌ一家をのけものにし、苦しめた。両親は憎まれ口をたたかれ、苛められた。父が営む店には誰も買い物に来なくなり、収入が閉ざされ、居たたまれなくなった一家は、ブネイ・ブラックというテル・アヴィヴ近郊のユダヤ教正統派の町に引っ越した。

両親は一度だけ、刑務所のヴァヌヌに面会に行ったが、父は息子が理解できなかった。母はその後亡くなってしまった。暴露事件の後、縁を切らなかったのは、兄アーシェルと弟メイールだけだった。ほかの兄弟姉妹たちは、ヴァヌヌとの縁を切ってしまったのだ。

やっと家族の面会が許された時、弟のメイールがヴァヌヌに聞いた。「こんな目にあって、後悔していないか?」。ヴァヌヌは言った。「いや、後悔していない。今や世界はイスラエルが核兵器を持っていることを知ってるんだ」。メイールは兄のまっすぐな性格をよく心得ていた。当時弁護士を目指して法律の勉強をしていた彼は、弁護士になる夢を捨て、ロンドンでヴァヌヌ支援活動を繰り広げた。国民の大多数は、モルデハイ・ヴァヌヌを忌み嫌った。敵意を向けるべきはヴァヌヌであって政府ではない、と。しかし、暴露事件からしばらくすると、イスラエル当局が恐れていたことが起きた。一九九〇年のことである。「ディモーナ核開発研究所作業員の体調不良や急死は、所内の安全対策が十分でないことが原因だ」と、ヴァヌヌのかつての職場の同僚や後輩が、次々と研究所を相手に裁判を起こしたのである。

有名な裁判に、四十三歳で癌で亡くなったヴァヌヌの同僚の妻が訴え、国から多額の賠償金を勝ち取ったものがある。ヴァヌヌの暴露証言を肯定し、刑務所に入れられた女性職員もいた。しかし、核に関する報道はほとんどなされず、一般市民はヴァヌヌを〝悪党〟たらしめた。周辺アラブ諸国に対抗するためには、核兵器があって当然というのが一般国民の反応だった。

一九九二年、ディモーナ核開発研究所からの放射能漏れがニュースになったが、イスラエルの一般市民はほとんど関心を寄せなかった。反核運動も起きなかった。国民の関心が、迫るオスロ合意（イスラエルとパレスチナ解放機構との和平協定）に集まっていたからかも知れない。「この国が核爆弾を持っているのは当然のこと。自衛のために必要だから」という声を今も耳にする。

一九九九年、イスラエルのテレビ局が、上空から撮影したディモーナ核開発研究所の写真を報道し、初めて国民はその姿を目にした。すると、ヴァヌヌに対する国民の嫌悪を煽るかのように、イスラエルの有力新聞『イディオト・アハロノト』は、「ヴァヌヌはパレスチナ人に核爆弾の作り方を教えている」という記事を発表した。もちろん嘘である。独房に入れられているヴァヌヌにそんなことができるわけがないし、そもそもヴァヌヌは核に反対しているのだ。

ヴァヌヌの顧問弁護士アビグドール・フェルドマンは、ヴァヌヌにその旨を話した。獄中のヴァヌヌはそれを聞くと腹を立て、刑務所から出たら同社を名誉毀損で訴えることを心に誓った。

刑務所に入れられるまでヴァヌヌは、イスラエル人の左派の間で知られていなかった。当時エルサレムやテル・アヴィヴでは、イスラエルの知識人たちが学生ユニオンを形成し、パレスチナとの連帯活動を始めていたが、インターネットのなかった時代、ヴァヌヌが暮らしたド田舎の砂漠の町ベエルシェバには、そんな情報は伝わっていなかったのだ。

多くのイスラエル左派が、ヴァヌヌの行動をニュースで知り、彼の勇気に感動し、刑務所に手紙を送った。なかでも熱心だったのがギドン・サピーロだ。今もギドンとヴァヌヌは長い年月培われた熱い友情で結ばれている。

元マッペン（イスラエル平和活動団体）メンバーのエリ・アミノヴは、ヴァヌヌについて、こう語っている。「人生をなげうって、核兵器からアラブ諸国を守ろうとした彼ほど勇気のある者はいない。僕は彼を尊敬している。モサドに捕まったのは、純情すぎて猜疑心がなさすぎたためだ。彼は気の毒な人生を送っている」

イスラエルでは、現在も反核運動は行われていない。周辺アラブ諸国との戦争、パレスチナ占領問題など、抱えきれない大きな問題がたくさんありすぎて、反核運動には手がまわらない、というのが現状だろう。

ディモーナ核開発研究所から百キロメートルほど離れたイスラエル南部の砂漠地帯アラバで、一九九七年に故ヨーシィ・サリット（元環境省勤務。『ハ・アーレツ』紙のコラムニスト）が、放射線の測定を行なった。結果は、こうだった。「ディモーナから百キロメートルの土地は、農業をしてはいけないほど被曝している」。しかしイスラエルではこれに対し、ほとんど誰も声を挙げていない。福島以前の日本と同じように、イスラエル国民はまだ眠ったままの状態だ。

イスラエルには名だけの反核運動の会がある。この会は、海外の反核運動団体がイスラエルにやって来ると面談したりデモをするが、ふだん何もしていない。あるいは運動があるように表面上つくろうだけにされているのかも知れない。

しかし、画期的なことが、二〇一五年に起きた。イスラエルの新聞『Yネット』紙十月二十七日付に、こんな記事が発表された。「ディモーナ核開発研究所の職員が、『癌になったのは研究所の安全保障が完全でないことにある』として研究所を訴え、勝利した」というのである。「癌になった核開発研究所職員やその家族が、これを職業病として訴え、賠償金は一人最高五十万シェーケル（約千五百万円）支払われる。将来、退職後であっても発病した元職員は、研究所を裁判に訴えることが可能で、賠償金が支払われる。訴える際、病院等による証明書類は必要ない」

裁判に勝利したのは、彼らが反原発運動という形を取らず、「職業病」による補償を求める裁判を起こしたからだろう。

11　世界に広がる支援者

世界ではヴァヌヌのことが次第に知られるようになり、支援者が年々増えた。一九八七年、独房にいたヴァヌヌは、環境・反核運動を支援するライト・ライブリフッド賞を受賞した。他にも、八八年ディニッシュ平和賞、九四年国際平和局によるショーン・マクブライド賞、二〇〇一年ノルウェーのトロムソ大学より名誉博士号が授与された。

一九九七年には、ヴァヌヌの行動に感動したアメリカ・ミネソタ州に住む平和活動家のエオロフ夫妻がヴァヌヌを養子にした。彼らは年に二度、刑務所のヴァヌヌを訪問するようになった。

イスラエルの核兵器の実態を知った世界各国はイスラエルに対し、原発工場の査察を受けるよう要求している。シリアは和平を結ぶ条件として、ディモーナの核開発研究所の閉鎖をイスラエルに要求している。しかし、イスラエルはこれらに対し、核兵器の所有の有無さえ明らかにすることなく沈黙を守っている。

世界中から、ヴァヌヌのことを知った人々が刑務所のヴァヌヌに宛て、連帯、感銘、力づけの手紙を送った。それは、何カ月または何年遅れかで、時々ヴァヌヌの手元に届けられた。受け取れなかった手紙もたくさんある。ヴァヌヌが詩を愛好していることを知って、詩の本や詩をプレゼントするファンもいた。ヴァヌヌは受け取った詩を何度も読み返し、やがて自分でも詩を書くようになった。ここではそのうちの一編を紹介しよう。(訳：ガリコ美恵子)

生き埋め

独房とは生きたまま墓の中で暮らすところ
独房で生きるということは、自分だけで生きることだ
心の中で自分に話しかけ、過去のことを思い出し、過去の中に生きる。過去を何度も生きるのだ
今、私は死んでいるのとおなじだ
死んだ男が墓場の中をうろついている
生には自由があるはずなのに
ここで私は目隠しされたまま

この独房の壁だけが知っている
木々から、花から、海から、女から、鳥から、自由から
私がすでに八年も切り離されていることを
鉄の扉とドアと鉄格子とコンクリートに囲まれて
コンクリートが私を孤立させ、心と魂だけが自由だ
なぜ私は刑務所に閉じ込められているのか
自由に過去を思い出す
刑務所は私の魂まで捕らえることはできまい
私は信念を変えはしない
刑務所で受ける心理的洗脳に私は負けない
この檻から、この国から解放されるまで
私の死体がこの凍った墓場からよみがえり
核の悲劇が再び起こらぬよう
核をこれ以上増やさぬよう
核の機密に私は抗議する
自由になって、思うままに生きられる
その日まで

私は負けない

一九九六年　ファー・グリーン氏（ヴァヌヌの支援者）へ捧げる

第２章　イスラエルに暮らして

1　何も知らずにイスラエルへ

中学・高校で水泳部だった私は、美大を卒業後、京都祇園の高級食器屋でテーブル・コーディネーターを一年勤めたのち、水泳が恋しくてスイミングスクールの指導員に転職した。勤務先は京都だった。職場近くに下宿していた私は、アパートで自炊するよりも外食することが多かった。

一九九〇年のある春の夕暮れ時、京都・大宮にあった居酒屋風寿司屋のカウンターで熱燗を一人でちびちびやっていた、背中まで伸びた太くて所々陽に焼けて金髪になっているドレッドヘヤーの奇妙な男、イスラエル人シモン・バックニンと出会い、あれよこれよと言っているうちに婚約した。

その頃の日本はバブルがはじける少し前。景気の良さを人づてに聞きつけたイスラエルの若者が一儲けするために日本にやって来ていて、アクセサリーや額入りの絵や電池仕掛けのおもちゃを売る屋台がどこにでもたくさんあった。シモンと挨拶を交わしたり立ち話したりするイスラエル人は、例えば京都河原町三条と四条の間を三十分歩くだけで五十人は軽くいた。

シモンは、兵役を終えたイスラエル人の若者がよくするように長期旅行中だった。タイかインドで数年暮らす費用を稼ぐために、三条大橋の隅で、インドから持ってきた石を器用に細工してつくったアクセサリーを売っていたが、夜が更けるとレゲエを聴きに河原町三条のクラブに行き、ボブ・マーリーがかかると無心になって踊っていた。

その夏、父がシモンの家族に会いに行こうと提案し、エルサレムに住む家族を訪ねた。長期休暇が取れなかった父は、三日滞在して死海だけ一緒に行き、先に帰国したが、私たちは二週間滞在し、死海、ガリラヤ湖、エリコ、テル・アヴィヴ、ナタニヤ付近にあるキブツ（社会主義を基本とした農業・工業生産を行う生活共同体）などに旅をした。

イスラエルはカラッと晴れていた。赤くて黄土の砂漠にうっとり見とれ、二時間ほど西へ走れば地中海の青く輝く水面が見え、北東へ二、三時間走れば吹く風も涼しく緑豊かなゴラン高原と変化に富んだ土地柄で、人々は明るく気さくで、悪ガキがそのまま年取ったようなやんちゃな大人がたくさんいる、そしてなによりも古い石造のエルサレムの町並みや旧市街には情緒があり、魅力に溢れていた。私はいつかここで暮らしたいと思った。

楽しい旅だったが、腑に落ちない点が一つあった。シモンの母と一番下の弟は西エルサレムの西南端に、兄弟姉妹の五家族は東エルサレム（旧ヨルダン、イスラエル占領下のパレスチナ人居住地区）の入植地（ユダヤ人専用地）に住んでいた。その地域には、二十四時間体制で機関銃を持つ兵士が管理する検問所があり、周囲は三重の金網で囲まれていて、そのうちの一つには高圧電流が流れていたのだが、どうしてなのかわからなかった。

ある日、庭から崖を降り、散歩をしながら金網の向こうにいる羊飼いの少年に話しかけていると、私を探しに来たシモンが泡ふくように飛んできて、「金網の向こうの人とは言葉が通じないし、危険だから近寄ってはいけない」と注意した。

「ベドウィン（遊牧民族）はアラブ人だ。アラブ人はユダヤ人を憎んでいる」。説明はつかみどころのないものだった。

イスラエルへの旅を終え、私は一九九〇年に結婚した。若かりし頃陸軍兵だったシモンは、打ち上げ花火の音を聞く度に、戦争を思い出すといって耳をふさいだ。レバノン付近で同じ部隊の友人を亡くしたそうだ。

しばらくすると湾岸戦争（一九九〇年八月、イラクがクウェートに侵攻し、アメリカなど大国により結成された連合軍が九一年一月十七日、イラクに空爆を開始した。二月二十七日停戦）が勃発した。イラクからイスラエルにロケット弾が飛び、シモンは家族のことを心配する余り、ふさぎこみ、イライラし、いつもの陽気さがなくなった。

一九九一年二月二十四日、京都で大雪が降った日、私は女の子を産んだ。イスラエルで家具作りの大工をしていたシモンは、路上の物売をやめて大工をしていたが、職人仲間には、シモンに優しく接してくれる人もいれば、言葉遣いや態度が生意気だと叱りとばす人もいた。

イスラエルでは、人々は年齢や会社の上下関係など関係なく対等で、名前は呼び捨てにするし、日本のようにぺこぺこしない。よく言えばざっくばらんで陽気だが、丁寧語さえ知らない常識はずれのイスラエル人シモンは日本の風習になじめず、職場でいじめられていると私に訴えるようになった。

言葉が不自由なことからくる誤解もあるだろう、と私は何度か大工事務所へ足を運んだが、仲間や上司の話を聞くうちに、これはシモンだけの問題ではなく、日本の上下社会のシステムや排他的な島国根性がかなり絡んでいると感じ、急になんとかなるようなものではないことが次第にわかってきた。

日本はおかしな国だなと思いはじめると、結婚届けを市役所に提出した時に二人の日本人が証人として印鑑を押さなければならなかったことや、数カ月ごとに市役所で更新しなければならないシモンの滞在ヴィザのあり方にも疑問を感じた。

シモンの友人ロニーには、Mさんという名の日本人の恋人がいた。いつも綺麗にオメカシして、会うと挨拶するだけの彼女が、ある日話したいことがあると私を呼びだした。喫茶店で向き合った彼女は、こう話して涙を流した。

「私の父は韓国人だから、私には日本国籍がない。もうすぐロニーはイスラエルへ帰るので、一緒に来てと言われたけれど、私には日本のも、韓国のも、パスポートが取得できない。もし出国すれば、私はもう二度と戻って来られないかもしれない。母を日本に一人残して、それはできない」

実家の父にその話をすると、昔、日本が中国や朝鮮半島から労働に従事させるために多くの人々を強制的に連れてきたが、その子孫は日本人として扱われず差別されている、という話をしてくれた。歴史の授業で習った時にはピンとこなかった問題が、Mさんの涙で初めて現実問題として眼の前に現われたのだった。なんて理不尽なんだろう。腹が立った。

その後、法律が変わって、父親または母親のどちらかが日本人である場合、その子供は日本国籍を取得できるようになったが、当時はそうではなかったのだ。外国人と知り合わなければ気づかなかったであろう日本の外国人差別を強く感じた。社会人として働くうちに自分が受けた女性差別への怒りもふつふつと煮え繰り返り、私は日本の慣習に、社会に、激しい怒りを抱いた。

シモンは辛抱して働き続けることを放棄し、イスラエル人仲間と路上でイヤリングなどを売る生活に戻ったが、以前の明るさは消えて、立ち居振る舞いに精神的癒しを必要としていることが克明に現われていた。幼児期からシモンの持病だった喘息がぶり返し、咳が止まらなくなったので病院で検査してもらうと、〝ストレス〟からくる咳だと診断された。

なんとかしなければと考えた私は、外国人差別や男女差別に耐えることより、シモンとともにイスラエルの家族の元で暮らすほうを選択した。両親は反対したが、後に引く気はまったくなかった。

こうして一九九一年の十月十五日、シモンとともに生後八カ月の娘を抱いて、イスラエルに移住した。

2　ユダヤ教徒の暮らし

私は何も知らずにイスラエルへ来た。最初の一カ月間はヘブライ語の学校に通った。朝七時に近所のデイケアに娘を預け、家に戻って食器洗いをし、七時半にバスに乗り、マハネイ・ユダ市場近くにあるヘブライ語学校の八時半の授業に間に合うように小道を走り、十二時半に授業が終わると市場でその日の夕食の買い物をし、家に戻ると一時四十五分、二時に娘を迎えに行き、部屋で遊ばせながら夕方まで宿題をする、という毎日だった。

教室には、ロシア、ウクライナ、欧米からの移民が溢れるようにいたが、学費や教科書代を自費で払ったのは、クラスで私だけだった。仲よくなったクラスメートのロシア移民から、ユダヤ新移民は政府から住宅手当と生活手当が毎月支給され、ヘブライ語を習うのも無料だと聞かされた。

学校ではイスラエルへの愛国心が育つようなカリキュラムが組まれていた。

この地は、もと砂漠や沼地だった未開拓地を耕して農地にし、優れた技術を導入して発展させてきたものだ、といった文章が教科書に書かれていた。旧約聖書にも書かれている「井戸の水よ、湧きあがれ」（『旧約聖書民数記』21章17節）という歌も習った。建国初期のイスラエル開拓者を称える章もあった。

ちょうどソ連が崩壊した時期で、ロシアから大量にユダヤ人が移民しはじめたこともあり、教科書には意図的にロシア人新移民の生活の苦労を明るく吹き飛ばし、ユダヤ国家の未来に希望を持たせるような文章もあった。ヘブライ語を習えば、自動的にシオニズムと愛国心が身につく、そんなシステムになっていたのだ。

これに加えてシモンも彼の一族もご近所さんもシオニズムに燃える人々で、アラブはユダヤを海へ投げ込もうとしているのだから、武力行使しなければいけないのだと私にこんこんと言い聞かせた。テレビ番組もニュースもイスラエル寄りの見解、解説だった。私は洗脳された。当初、生活範囲がヘブライ語の語学学校と家庭だけだった私は、自分が洗脳されてしまっていることに気づきもしなかった。

初対面の人が訊くのは、まずこの言葉。「あなたはユダヤ教徒か?」。「いいえ」と返答すると、「どうしてここにそんなに長く住んでいるのか、ユダヤ人と結婚しているのか、なぜ改宗しないのか」と訊いてくる。私はうろたえた。宗教で人を見定める人々に出会って、時にはユダヤ人でないことで非難する人もいて、宗教の自由がまるでないようなこの国が民主主義国家と公言するのはおかしいではないか、と腹が立った。

シモンの家はユダヤ教伝統派(ユダヤ教の食餌制限や安息日は守るが、服装は世俗派と同じ)だ。私に改宗しろと誰も言わない代わりに、最初からみんな私がユダヤ人でないことに違和感を持っていた。肉を食べた後は六時間、鶏なら三時間、待たなければ、チーズを食べたりコーヒーにミルクを入れるなど乳製品は口にできない。肉用食器と乳製品用食器は別々で、姑の目の前で、誤って肉用スプーンで生クリームが上にのったプリンを食べたりすれば、毎回エライ騒ぎになった。

イスラエルでは母親がユダヤ人であれば子供は自動的にユダヤ人となる。一般的に、安息日(金曜日の日没から土曜日の日没後三つの星が出るまでは労働をしない、電気を使わない)とコーシェル(ユダヤ食餌戒律に沿った食事。肉類と乳製品の混食は禁止、鱗と背骨のない魚介類と豚は食べないなど)を守ることが重要だが、平気で嘘をついたり、人を騙したり、人を押しのけてでも自分を守ろうとする。

郵便局で列に並ぶと、私が先だ、いや俺が先だ、と大声で争い合う。黙っておとなしく列に並んでいるといつまでも自分の順番はまわってこない。市場でもバスに乗るときも同じ。譲り合いをしないがために、いつもどこかで渋滞している。時には運転手が飛び降りてきて、道路の真ん中で殴り合いの喧嘩が始まり、渋滞の列は何事かと思うほど長く尾を引いている。そんな人たちでも、安息日になるとキッパ（男性ユダヤ宗教徒である証の丸くて小さな帽子）を被ってしずしずと礼拝に出かけていく。呆れてうんざりしてしまった。

そんなこともあり、私はユダヤ教徒に改宗する気はなかったが、娘の改宗に反対する気持ちはなかった。一歳で保育園に通いだした幼い娘は自分がユダヤ人だと思い込んでいたし、自分が皆と同じでありたいと思うのは子供にとって自然なことであることは認めざるを得なかったのだ。

どうすれば娘だけ改宗できるのかと、シモンと一緒にラビ（ユダヤ教の指導者）のもとに相談に行った。幼稚園、小学校、中学校と宗教派の学校施設で教育を受けて試験を受ければ、十二歳の成人式（ユダヤ教では男子十三歳、女子十二歳が成人）でユダヤ教徒になれると言うので、娘が三歳になるとユダヤ宗教色の強い幼稚園に入れた。

シモンは、彼の兄が経営する木工所で働きだしたが、まだ精神的に不安定で、心のよりどころを見つけようと必死だった。日本での長期滞在中、ユダヤ教徒なのに食餌制限を守らず、安息日も守らない生活をしていた彼は、私がエビの握りを旨そうに食べる姿を何度か目にした後、寿司屋に行くと、ユダヤ教徒が食べてはいけないエビもイカも食べた。

ラーメンの旨さは、私と知り合う前から知っていた。豚骨でスープが作られていることを知っていたのかどうかは謎だが、毎日ラーメン屋に通い、チャーシュー抜きで大盛りを注文し、どんぶりの汁は全部飲んでいた。安息日である週末も電車に乗り、タバコも吸い、音楽も聴いていた。シモンはエルサレムの実家でそうしたことに対する後ろめたい気持ちに陥り、悩んでいたようだ。もんもんとするうちについにイェシバ（ユダヤ教の神学校）に通いはじめた。

イスラエルに来て一カ月半経った頃、私はシモンと大喧嘩をして離婚（一九九二年）した。最初の一カ月は娘を連れてシモンの姉の家に居候した。私は三カ月の観光ヴィザしか持っていなかった。ヴィザ有効期限が残るところ半月となって、シモンは娘を残して日本へ帰れと毎日のように私に言い募った。従順でない私を彼は怒っていたのだ。

冬が近づいていた。娘は風邪を引き、熱を出した。私が路頭に迷うことがあっても、娘には暖かい家の中で過ごしてほしかった。

3　ヴィザ取得の苦労

日本で知り合ったオリットがちょうどイスラエルに戻ってきていたので、彼女の住むホロンという町まで、娘を連れて相談に出かけた。日本に帰る気持ちはまったくなかった。オムツや娘の着替えや離乳食の入ったリュックを背負い、片手で娘を抱え、もう片手で日本から持ってきた折りたたみ式の乳母車を持ち、バスを三本乗り換えた。

オリットは、一時的にでもキブツに行ったらどうかと勧めてくれた。キブツでボランティアメンバーになれば、ヴィザ延長が可能だという。面接に行くと、担当者はこう言った。「娘連れではボランティアの受け入れはできないが、いつでも会いに行けるように、エルサレムのキブツを探してあげよう」

配属されたのはラマット・ラヘルという、ラヘル（ユダヤ民族の始祖アブラハムの孫ヤコブの妻）の墓の傍にあるキブツで、当時は非ユダヤ人も受け入れており、欧米の若者が外国で働く経験を得るために大勢来ていた。今はユダヤ人のみボランティアを受け入れている。

キブツでは洗濯課で働いた。洗濯リーダーはキブツの女性だったが、責任をもってその日のノルマをこなしていたのは、パレスチナから出稼ぎに来ていた若者だった。彼は毎日膨大な量のノルマをこなし、文句一つ言わずにバリバリ働いて、笑顔の絶えない気のいい人だった。私がパレスチナ人と知り合ったのは彼が初めてだった。

ある日ボランティアメンバー対象のエルサレムツアーに参加した。

リーダーは、キブツメンバーと結婚するためにキリスト教からユダヤ教に改宗したドイツ人だった。ズボンの尻に拳銃を差して、彼は私たちをまず、シルワン村にあるシロアの泉に案内した。そこからオリーブ山の展望台まで車を走らせ、遠方にこんもりした砂漠の岩山が連なるユダ砂漠を指して、この地エルサレムで土地の争奪が絶えなかった理由をこう解説した。

「エルサレム周辺には多くの湧き水がある、しかし旧市街の東側、シルワン村の谷を越えると東方に広大な砂漠が広がっているだろう。水がなければ砂漠で生き残ることはできない。ラクダで移動し、水道もなかった時代、エルサレムを拠点として押さえておくことは重要だったのだ」

後で気づいたのだが、そのキブツは、一九六七年の停戦ライン（第三次中東戦争停戦にあたり、パレスチナとイスラエルの境界線として引かれたライン）を越えて、パレスチナ側にある。停戦ラインはどこにも印がなく、柵もなく、自分が乗っているバスがパレスチナの土地を走っていても気が付かないようになっているのだ。

シモンとの取り決めどおり、私は週に一度、キブツの正面玄関から出ているユダヤバスに乗って娘に会いに行った。キブツに娘を連れてきて泊まることもあった。それ以外の自由時間は、裏山から木が生い茂った坂道を下り、幹線道路に出てアラブバスに乗り、ベツレヘムのキリスト生誕教会に行ったり、エルサレム旧市街を徘徊した。

キブツには六カ月いた。ボランティアヴィザの申請書はそれ以上もらえなかった。

ヴィザが切れる寸前、キブツ仲間とエジプトのシナイ半島に出かけた。イスラエルからこっそり持ちこんだアラク（アルコール度数の高い蒸留酒）をベドウィン（遊牧民族）に高値で売って滞在費の足しにして、電気のない、椰子の木の小屋に泊まった（酒の密輸及び酒を店以外で売ることは違法。捕まると刑務所行きですので真似しないでください）。夕暮れ時、山と空と海の色が刻々と変化する褐色の砂漠は、究極の美しさだった。夏でもひんやり冷たい紅海で泳ぎ、ベドウィンのテントで砂入りサラダを食べ、甘い紅茶を飲み、ナルギーラ（水たばこ）を吸った。なんと楽しい日々だったことか……。

しかしエジプトからイスラエルに再入国すると、肝心のヴィザはたった二週間しかもらえなかった。仕方なく、再度出国することにした。

ちょうどその頃、キブツで仲良くなったアイルランド人、イギリス人、南アフリカ人の女性たちが、キプロス島で果物摘みのアルバイトをする計画を立てていたので、加わった。バスでハイファに着き、翌朝フェリーでキプロスに向かうつもりでビーチで眠った。

朝起きると一人が、「リュックに入れていた金がない」と叫んだ。ジーンズの右ポケットと着ていた服の中に金を隠していた私以外のみんなが一文無しになっていた。キブツ金庫に少額の金を預けていた私は、所持金を彼女たちに分配し、エルサレムに戻ることにした。

後で返して、など言ってないのに、彼女たちは律儀にも一年後、アイルランドやイギリスからテル・アヴィヴに移り住んだ私のところに、「あの時借りたお金です」と小切手を送ってくれた。私はありがとうと手紙を書いたが、小切手は換金しなかった。

南アフリカ人のサムが、テル・アヴィヴ港で私が便乗できるヨット探しを手伝うと言ってくれたので、一緒にヒッチハイクをした。サムは背がすらりとした金髪の可愛い子ちゃん。次々とトラックが止まったが、運転手の目つきが怖かったのですぐに降りて、別のを探した。

運よくトルコに行くイスラエル人がキプロス島まで乗せてくれると言うので、それに決めた。人の良い中流階級のおじさん連中が共同で保有してるヨットだった。出航までの一週間、私はエルサレムに戻って安宿に泊まった。そこは、夕方の二時間だけ宿のバーのチラシを配れば宿代が無料になる、というシステムを取っていたからだ。シモンはそこに娘を抱いて、時々会いに来てくれた。

テル・アヴィヴからキプロス島まで、ヨットで三十六時間かかった。私は食事係という名目でタダ乗りしたのだったが、ヨットの揺れに吐いて吐いて吐きまくり、ふらふらとベンチに横たわったまま、結局一度も飯など作らず、逆に「ご飯できましたよ」と起こされるまで、いつも苦しんで眠ってばかりいた。

キプロス島で彼らと別れ、一番安い夜行フェリーの甲板席チケットを買った。夏だったが夜の海は冷えた。フェリーでハイファ港に再入国し、三カ月の観光ヴィザを頂戴し、ハイファ港からテル・アヴィヴまでヒッチハイクした。

女一人のヒッチハイクは危険だ。ドライバーの目玉の奥までしっかり見て、悪戯を企む目か、親切で乗せてやると言ってる目なのか、神経を集中させて瞬時に判断する必要がある。長時間ハイウェイで立ち続けて疲れていても、ドライバーの瞳が澄んでいなければやり過ごす。私は偶然、親切なドライバーにめぐり合い、無事テル・アヴィヴまで到着した。

その後、娘に母親の存在が必要だと考えたシモンの協力を得て、内務省で幾たびも書類再申請の要求に応え、なんとか就労ヴィザを取得した。ヴィザは簡単には降りなかった。私が非ユダヤ人であるために、ユダヤ人との間に子供がいるのにもかかわらず、六、七回ヴィザ延長却下を受け、内務省の建物内でその返事を聞く度に、私はへなへなと床に崩れ、泣きたくなったことが何度もあったが、ヴィザ獲得には四苦八苦したがために学んだことも多かった。

4　ヨセフとの再婚、そして離婚

キプロス島から戻った私は、テル・アヴィヴで仕事を探した。エルサレムでは何も見つけられなかったからだ。イスラエルは政治的な意味でエルサレムが首都だと言い張っているが、事実上、首都的要素を伴い、経済が発展しているのはテル・アヴィヴである。貿易・産業・経済の中心、イスラエルの一大都市テル・アヴィヴで、ようやく私は仕事を見つけることができた。

イスラエルに来て十カ月が過ぎていた。一カ月しか通えなかったヘブライ語学校で覚えた文法を基に、仕事をしながらボキャブラリーを少しずつ増やしていった。

最初に見つけたのは、シャワルマ（肉などを挟んだサンドウィッチ）屋の洗い場兼ウェイトレスだった。イスラエルでは注文した食べ物がテーブルまで運ばれたら、チップを払うのが当然だ。ウェイトレスは生まれて初めてだった。最初はチップを受け取ることに罪悪感とも違和感ともいうものがあり、客がチップを置くと追いかけて「要りません」と相手に戻していたが、少しすると、ここでのチップは最低賃金で働く者の権利であることがわかった。

シャワルマの肉を仕込むのは、ヨルダン川西岸地区から働きに来ているパレスチナ人コックだった。手際よく肉を切り重ねて香辛料で下味をつける彼は、かなりやり手で働き者だった。当時イスラエルはパレスチナからたくさんの労働力を得ていた。分離壁などというややこしいものがなかった時代だ。

イスラエルに近代的建物を建設した主要労働力も彼らによって担われていた。

コックは毎日、村から自家用車を運転して通勤していた。

ある週末そのコックが、ガザ地区手前の海辺で開かれる、イスラエル人ヒッピーが主催する野外パーティに連れて行ってくれた。運転しながら彼は、自分のことを話してくれた。彼の住む村はテル・アヴィヴから車で三十分ほどだがすごい田舎で、テル・アヴィヴとはまったく別世界であること、昔ここはパレスチナだったが、ユダヤ人がイスラエルを建国してからは厳しい抑圧を受けていることを彼は淡々と話してくれた。話を聞いて、申し訳ない気持ちになった。

その次は高級タイレストランでウェイトレスをした。一年間ダブルシフトをこなした。同僚はウェイターも厨房もタイ人だった。給料は最低賃金で、皿が重いため常に筋肉痛だった。そのあと、ヒルトンホテルの受付嬢をしたが、ホテルの人事部は私が就労ヴィザを持っていないことにつけ込み、「パスポートを保管する」と言ってきた。パスポートを取り上げられると行動の自由がなくなってしまう。すぐにヒルトンを辞め、夜間営業のカフェバーや日本食屋、フレンチ・イタリアンのレストランで働いた。

この時、フレンチ・イタリアンでシェフをしていたアシュケナジー（ロシア・北欧系のユダヤ人）のヨセフ・ガリコと出会い、同棲の後、私は二度目の結婚（一九九四年）をした。ヨセフは頭の切れるオシャレな青年で、旨いものを作って人を喜ばせることに生きがいを感じていた。彼の作るチキンレバーのパテは極上物、今思い出してもヨダレが出るほどだ。

婚姻手続きをすると半年で私はイスラエルのブルーID（身分証明書）を取得した。これにて新移民になったのだから、ヘブライ語学校に無料で通えるのかと思いきや、住んでいた地域のヘブライ語学校を調べてみると、ユダヤ人のみ授業料無料だというので頭にきた。

ヨセフは世俗派で、宗教への執着はまったくなかった。しかし、ブルガリア出身の彼の母は私に改宗してくれと泣いて懇願した。私は彼女が可哀相になって、そこまで言うならやってみるか、と改宗手続きの説明を聞きに言った。改宗センターのラビたちは、汗臭い黒服を着てふんぞり返り、事務机の向こうからさげすんだような目でこちらをちらりと見て、改宗に際しての必要事項をまくしたてた。感じの悪い連中だった。

「改宗なんかやめておけ。奴らの言うことを聞いて、あの髭面を毎回拝むなんて、糞ったれだ」。悪態をつき、ヨセフは私の手を引っ張って行った。改宗のことで、彼の母とヨセフは喧嘩ばかりしていたが、その後何も言わなくなった。

ヨセフはレストランでダブルシフトをこなし、自由な時間がほとんどなかったが、時々車で娘の送り迎えをしてくれた。一九九三年、オスロ合意の寸前だった。エルサレムからの帰路、国道一号線を走っていた時、目の前のラモート入植地を眺めて彼は言った。

「どんなに家賃や税金が安くても、僕は入植地に住むのは絶対イヤだ。もうすぐ和平協定が結ばれる。そうすれば、たぶん入植地からユダヤ人は撤退だ。いずれ出て行かなければならないような他人様の土地に住みたくはない」

これを聞いて私はうなずき、ヨセフが誇らしかった。私はノンポリだが、イスラエルのパレスチナに対するやり方が嫌いだったからだ。

ヨセフは兵役時代、潜水艦のレーダー係だった。冬に予備役に三週間出かけて戻った時、彼が言った。「海中で未確認物体を見つけたから、即行で舵方向指示を出したんだ、僕は計算速いからね。見つかったのは、ガザから泳いでイスラエルに侵入しようとしていた男二人だったよ。甲板に揚げられた彼らは、殴る蹴るの、見ていられない暴行を受けた。俺は暴行係でなくてよかった。僕にはできない、あんな酷いこと……」

彼は軍から表彰され、モサドから勧誘を受けたが、私が反対するまでもなく断った。

今思うと、彼はシオニスト左派だったと思う。シオニスト左派というのは、「ユダヤ人国家イスラエル」に愛国心を持ち、差別・抑圧されているパレスチナ人に同情はするが共存は希望しない。ユダヤ教の厳格な食餌・安息日・服装などへの規制を嫌う世俗派に多い。ヨセフとは、その後二十年ほどしてから仕事で会ったが、右派思想に転換していた。

結婚後のヨセフは、自分の才能を最大限に伸ばすことと金持ちになることに野心を燃やしはじめ、高級ホテルの一流シェフとしての地位を得ると同時に各地でアパートを買い占めた。私たちはそのうちの一軒に移り住んだ。

移った家はテル・アヴィヴからバスで約四十分のところにあるリション・レツィオンという町で、一時間に数本しかない市営バスに乗り換え、さらに三十分、家がぽつぽつとしかない寂れた地域にあった。近くに軍刑務所があり、毎晩、身震いするような不気味な音が聞こえてきた。

娘のいるエルサレムへの道のりは倍になった。娘を家に連れてきて、翌日送り返すのに、毎週十六時間費やした。彼の収入は買い取ったアパートの銀行への月賦払いに当てられ、私の収入で二人の生活費を担うようになった。

彼の計算では、私たちが四十歳になった時、イスラエルの土地家屋の値段が急上昇し、その時アパートを売れば金持ちになるというものだったが、一年間で二軒以上の物件を買った場合にかかる割増財産税を計算に入れていなかったので、彼はさらなる借金を抱えてしまい、翌年二軒を手放した。

私は裕福になるよりも、心身健康に暮らせる生活が欲しかった。金持ちになろうと、躍起になって日常生活や健康状態を省みない愚かさに私は幻滅し、働きすぎのイライラと疲れと、町から遠く離れた孤独感でヨセフとの喧嘩が絶えなくなり、それは同じ屋根の下で暮らせない、という結果をもたらした。

5　職を転々として出会った人々

私はヨセフと別れた（一九九五年）後、週一でスポーツ大学の水泳指導員免許取得コースに通い、夜はカフェバー、昼はマカビクラブ（ユダヤ教徒だけの世界スポーツ競技大会から名づけられた全国規模のスポーツクラブ）の水泳コーチという三重の生活を始めた。

マカビクラブの水泳コーチの仕事は四年続けた。コーチ料は少なかった。日本でのスイミングスクールの指導員時代、一日四クラス担当すれば、それ以外の時間は控え室で事務仕事をしたり、トイレ掃除をするだけで、毎月食べていける給料が出た。

しかしイスラエルのスイミングスクールの指導員への払いは、講習を行なっている時間のみだった。生徒から支払われる月謝のほぼ八割はプールの維持・管理費に回されていたのだ。クラスの入れ替えや点呼時間も給料の対象にされず、指導員用控え室はなく、屋内でも寒いプールサイドで濡れた体で震えながら指導し、スポーツクラブ側の都合で講習時間を変更しなければならない時は、指導員が自費で生徒たちに電話連絡をしなければならなかった。

私には担当生徒が常に百五十人から二百人いたので、時間変更などの生徒への連絡のため、毎月の電話代はイヤになるほどかかった。

私以外のコーチは学校の体育教師が多かった。イスラエルの教師の収入はスーパーのレジ係よりも安い。教師は学校の授業が終わると、各種のアルバイトに直行する。私も水泳指導の収入では食べていけないので、朝は、私立学校で日本文化クラスを担当したり、テル・アヴィヴ大学の学生に日本語の自宅補習をしたり、花屋でブーケを作るアルバイトをし、昼はスイミング、夜はアフリカン・バーを経営するガーナ人の三人姉弟のベビーシッターやカフェでウェイトレスをして、なんとか家賃を払い続けた。

しかしついに体力がもたなくなってスイミングを辞め、就いた仕事は寿司屋のウェイトレスで、その後寿司職人の見習いになった。

パレスチナ人に対する差別を感じたのは、イスラエル移住後三年ほど経った頃だった。水泳の指導を終えた私は、帰りのバスで居眠りをした。するとスポーツウェアの尻の当たりで、ねずみがごそごそ動くような感じがした。目を開けて、振り払おうと尻に手を当てると、男の手があった。座席の後ろで若者がにやにやしていた。

「チカンだ、この人が私のケツに触った!」。大声を上げ、運転手のところまで行って、わめいた。運転手は無線で何か言い、テル・アヴィヴの中央バスターミナルに直行した。バスから降りると、警察のジープが二台待ちかまえていた。私とその若者は別々のジープに乗せられ、署に着いた。警察官が若者を殴り、床に突き飛ばし、繰り返し蹴り、殺すつもりかと思うほどの暴力を振るった。

「こいつを四十八時間留置所に入れる。それでいいか?」。若者のＩＤカードを手でもてあそびながらデスクの警察官が私に聞いた。あまりの乱暴さに驚き、うなずくことしかできなかった。その時わかったのだが、その若者は、西岸地区の村から一日だけ許可を取って大都会テル・アヴィヴに夜遊びに来ていたパレスチナ人だった。私を署に迎えにきてくれたイスラエル人の友人はこう言った。「ユダヤ人なら、尻を触ったくらいであんなに殴られはしない」

寿司見習いでぎっくり腰になり、腰痛に苦しみながら結婚式場の料理人、寿司職人、某日本商社の秘書をした。日本のコンピューターゲームを下請けするイスラエルのハイテク会社で翻訳業もした。その他、ジュース屋、ケーキ屋と、ありとあらゆる職種に就いた。

レストランや結婚式場の厨房など、力仕事の同僚は、マイノリティであるパレスチナ人、中国人、タイ人、ロシア系ユダヤ移民だった。ウェイトレスや翻訳、事務など、手を汚さず力も使わない職場ではイスラエル人が同僚だった。職業が替われば、ふれあう相手も言語も文化も替わった。

その頃、私はイスラエル人とアパートをシェアして暮らしていた。今ならワンルームに改築した部屋がたくさんあるが、当時はまだそのようなものはなく、一つのアパートを数人でシェアするのが普通だった。シェアする相手を見つける方法は、口伝えか路上の張り紙で、ちょうど同じ時期に部屋探しをしている人とシェアすることになる。気の合わない人もいれば、一生の思い出になるほど仲良くなった人もいた。

娘が小学低学年だった頃の私の同居人はフラメンコ・ギタリスト二人で、今でもパコ・デ・ルシアの曲を街角のカフェで聞くと、ひどく懐かしい気持ちになるし、娘はジプシー・キングスが懐かしいと言う。いつもニコニコのギタリスト、ヘイナンは、父がポーランド出身で母がアルジェリア出身、もう一人のギタリスト、エレズは両親ともイラク出身で、二人ともギターで生計を立てていた。

ヘイナンはよくこう言った。「国境なんてなくなればいいんだ。誰でも世界中好きなところに行けて、好きな所で暮らすのがいい」

ギターを手放したくないエレズは、徴兵検査で検査官を脅して兵役免除になった、という珍しい経歴の持ち主だった。ある日、彼は軍基地の兵士慰安演奏から戻って、こう言った。「奴ら、俺の演奏をちっとも聞かないで、視点の定まらない血走った目を四方八方動かしてばかりで、ずっと警戒してるんだ、やる気なくなったよ。殺人鬼の目つきだぜ、ありゃ」

ルームメートやご近所さん、またはその友だちで仲良くなったのは、イラン、クルド、イラク、モロッコ、イエメン、ポーランド、オーストリア、ベルギー、ドイツ、アルゼンチン、アルジェリア、カナダ、トルコ、タジキスタン、エチオピア、エジプト、アメリカ、フランス、イタリア、イギリスから子供の時にイスラエルに移民したか、両親または祖父母が移民した人だった。中には何代も前からパレスチナに住んでいる一家の子孫もいた。

共に住むことで人生の一時期を共有する、兄弟姉妹のようなルームメートたちは安息日やユダヤ祭の食事に招いてくれたり、相談事に乗ってくれたり、優しかった。しかししばらくすると、アラブ人に対する差別意識のある人には幻滅して、敬遠するようになった。

二十代半ばでサンフランシスコから移民してきたサラは、ヘブライ語がなかなか上達せず孤独をもてあましていた。アメリカの詩人チャールズ・ブコウスキーが好きだという共通点で仲良くなった。ちなみに日本語ではブコウスキーと訳されているが、地元英語ではブカウスキーと発音しなければ通じない。

ある休日、サラとディゼンゴフ通りを散歩している時、アジア系の青年二人が大きな荷物を抱えて噴水広場で呆然としているのを発見した。サラと私は声をかけてみることにした。彼らは韓国人のバックパッカーで、安息日に食べ物屋がほとんど閉まってしまい、バスも動いていないので、途方に暮れていた。

サラは冷蔵庫に何かあるから家に来いと二人を誘った。私は彼らのために野菜炒めと麺料理を作ってあげた。彼らは喜んで食べた。ゆっくりお茶を飲んでいると、急に気になることが頭の中に浮かび上がった。日本はアジア各国で嫌らしいことをたくさんしている。韓国にも昔から嫌らしいことをたくさんしてきたし、今もしている。

「私の先祖があなたたちの先祖を強制的に労働させるために日本に連れてきたり、ほかにも言いきれない、野蛮で嫌らしいことをしてきました。今も日本人の韓国人に対する卑劣な差別は続いています。ほかにも私の知らない、恥知らずなことがたくさんあると思います。謝っても謝りきれません。申し訳ない気持ちでいっぱいです」

私は頭を下げた。彼らは床に正座して頭を下げ謝る私を不思議そうに見た。

「そんなこと言う日本人に会ったのは初めてだ」。私は余計に恥ずかしくなった。

6　イスラエルの兵士たち

イスラエルでは、男子三年間女子二年間の兵役義務がある。どの子も十六歳になると徴兵検査に来い、と軍から家に手紙が来る。軍は徴兵検査で、入隊予定の少年少女の性格や特技、どんな可能性を秘めているのかを探り、どの部隊やどんな任務に適しているのか二年間かけて検討する。

私は娘が小さい時から、兵士にだけはなってもらいたくなくて「兵役拒否をしてくれ」と頼んでいた。軍がやっていることに疑問を持っていたからだ。娘は私の願いとは関係なく、兵役に行かなかった。

兵役に行くと、男女は一緒に行動する。シャバット（安息日）を守ることも難しい。ユダヤ教徒に改宗した彼女が通っていた超正統派の女子高は、家族でない男女が親しく一緒に行動することは好ましくないとの考えから、生徒全員に兵役拒否申請をさせていた。

娘が十六歳になった時、軍から手紙が来た。娘は徴兵検査に出向かず、宗教的拒否の手続きのために、ラビ協会に支払う四十シェーケル（約千三百円）をくれ、と私に言ってきた。私は心中ほくほくした。娘は兵役に行かなかった代わりに、国民サービスと呼ばれる奉仕労働をすることになり、一年間エルサレム市役所で事務員を勤めた。

兵役期間終了後も、男子は四十歳まで毎年一定期間の予備兵が義務になっている。予備役期間や任務は、その時々の状況や所属部隊によって異なる。緊急事態時は急に呼び出されたり、期間が延長される。

女子は通常予備役に呼ばれることはないが、兵役中、重要な任務に就いていた場合、予備役に行くこともある。緊急事態が発生すればなおさらである。

要するに、大人の半数近くが予備兵だ。皆若い時に最低二週間は戦闘のための訓練を受けている。そこらをぶらぶら歩いている中年おばさんでも、銃を持てば、射撃の方法くらい知ってるのが当たり前だ。スイミングの練習は、誰でも自由にプールサイドで見学できるが、見学者の中にいつも軍服姿がちらちら見えた。職業軍人か予備役中の親が常にいたからだ。

テル・アヴィヴは地中海に面した町で、歩いてビーチに行ける。ビーチ沿いにはカフェバーがずらりと並び、いつも賑やかだ。ある日、ビーチ沿いを歩いていると名前を呼ばれ、振り返るとスイミングクラブの教え子の父親だった。彼は私服だったが、なんかピリピリしていた。「カフェバーで一人でコーラ飲んで何してるの」と訊くと、「今、予備役中だ。捜査中の脱走兵をこのカフェで見かけたという情報が入ったから、待ち伏せしている」と手短に説明された。予備役では、兵役中に就いていた任務に当たる。

脱走した兵士は見つかると禁固刑になる。知人の弟も、予備役招集されたのに気が向かないと基地に出向かなかったため、夜中に軍がやってきて叩き起こされ、刑務所に入れられた。イラン系の友人は予備役に行ったが、銃を持った瞬間、過去の記憶が蘇り、体が震えだして黙って抜け出し帰宅したために刑務所に入れられた。

ゴラン高原付近に住むドゥルーズ（ゴラン高原に多く住むアラブ民族。第三次中東戦争でイスラエルがゴラン高原を占領したため、彼らはシリア国籍からイスラエル国籍になった。アラビア語を公用語とし、イスラム教から派生した独自の宗教を持つ）には兵役の義務があり、拒否すると刑務所に入れられる。アラブ遊牧民族であるベドウィンに義務はないが、志願すると優遇される。

兵役終了後、職業軍人になるベドウィンやドゥルーズがいる。旧市街のイスラム教徒地区を闊歩する彼らを、住民が「アラブの裏切り者」と罵るのをたまに見かける。彼らは卑屈な顔つきで無視するが、決して喜んでその職を選んだのではないというのが、彼らのうしろめたそうな表情に出ている。高級ホテルが立ち並ぶリゾート地の客は、若い職業軍人のグループとドゥルーズの家族連れが多い。

職業軍人は、国の法律に沿った有給休暇、季節ごとのボーナスに加え、家族揃って高級ホテルの無料宿泊券など、会社勤めのイスラエル人なら普通に受けられるが、アラブ人なら到底あり得ない、優遇システムにありつける。家族にいい思いをさせてあげられる生活を求めて、職業軍人になるアラブ人は後を絶たないが、アラブ人がイスラエルで差別され、抑圧されている限り、彼らを悪く言うことはできない。

親友サラにはアサフという名の兵役中の恋人がいた。アサフは陸軍パラシュート隊員だった。ヨルダン川西岸地区北部のジェニンでかなりの数のパレスチナ人をむやみに殺害したことで塞ぎこんで、ついに、「もう銃を手にするのは嫌だ」と上官に訴え戦闘員から降りた。それを聞いた彼と同じ部隊にいたドゥルーズが、アサフとサラを村に招待した。

翌朝、ゴラン高原から戻ってきたサラは、「次から次へとすごいご馳走で篤くもてなされて、村の若者たちが、地元でなければ知らない美しい所に案内してくれた。夢のように楽しかった」と話してくれた。それは、パレスチナ人を虫けらのように殺し続けることに勇気を持って終止符を打った、アサフに対する礼と敬意の印だったと私は思う。

シモンの影響で、レゲエ・クラブに時々通っていた私には、エチオピア、ガーナ、ナイジェリア、カメルーン、コンゴ、ケニア、コートジボアール、南アフリカ、北米から来た黒人の友だちがいた。

私は彼らとよく飯を食べた。ガーナ料理のフーフー（ジャガイモ粉を水で溶いて火にかける、餅のような主食）と、小エビと唐辛子を細かく砕いてこってりするまで炊きこんだソースを、油でカラカラに揚げた魚と小豆ご飯にジュッとかけたものが私の大好物で、辛さで汗と涙と鼻水にまみれながら食べた。彼らは、フーフーは噛まずに呑み込むもんだ、とつい無意識のうちに噛んでしまう私をよく叱ったが、彼らとは通じるものがあった。

イスラエルはおかしな国だという私の気持ちに同感するというより、アフリカから来た不法労働者であるために卑下されている彼らは、私と同じく怒っていたのだ。

アフリカ人不法労働者はイスラエル人の一般家庭で掃除の仕事をして稼ぐのが二〇〇二年までの定番だった。月曜はXの家で三時間、Vの家で三時間、Wの家で二時間、翌日は別の家、といった具合に、曜日ごと、時間ごとに契約していて、毎日それらの家を回って掃除する。家主は彼らが掃除を終えた後、飲み物や食事を出して、その日の労賃を渡す。

ある夕方、ガーナ人の友だちが、バーでぷんぷん怒ってビールを飲んでいた。

「野菜サラダと鶏肉のから揚げを家主が用意してくれて食べてたら、そこの家の二十歳くらいの娘が、俺に訊いたんだ。『アフリカにはこんな食べ物ないんでしょう』、って。その言い方が馬鹿にした感じで、頭にきたから言ってやったよ。『俺の生まれ故郷のガーナにはトマトもあるし、鶏肉も羊も牛も何でもある。肉はこっちのよりずっと旨いよ』って。ほんとに奴らは俺たちを馬鹿にしてるんだ。食糧難でみんな飢えてるからイスラエルに出稼ぎに来てると思ってる」

彼の怒りはごもっとも。アフリカから海外に出稼ぎするのは職業難のためだ。国が独立した後も、植民地時代のなごりでヨーロッパの権力者とごくわずかな地元権力者だけが甘い蜜を吸ってるからだ。私はカメルーンに旅したことがあるが、アフリカの貧富の差の激しさは天国と地獄ほどある。

ある日、偶然バーで私の隣に座っていたユダヤ系カナダ人のビジネスマンが、酔っ払ってぺらぺらしゃべったことがあった。「俺はナイジェリアに油田を持ってる。現地で人を安く雇って、オイルはイスラエルやその他の国々に輸出してる。バカ儲けだよ」。彼が油田と言ったのか、ダイヤモンドと言ったのか記憶がはっきりしないのだが、なんせそいつの横っ面をひっぱたいてやりたくなったのを必死でこらえたことだけしっかり覚えている。

そんなわけで、イスラエル社会に対する不満を持ちながら生きる人間同士という意味で、アフリカ人は私の同士だった。イスラエルではキリスト教徒のアフリカ人は必然的に不法労働者となり、北米から来たブラックアメリカンのヒィブロウとエチオピア人はユダヤ教徒なので自動的にイスラエル人となり、兵役が義務づけられる。

近所のエチオピア人数人が、私の家にエチオピアの主食であるインジャラを持ってきて、レゲエをかけ、ウオッカを飲みつつ夜更けまでおしゃべりした時のことだ。酔いが回って開放的な気分になったからか、隣に住んでいたエチオピア人ヤニーブのところに週末休暇で遊びに来ていたヤニーブの従兄弟がつぶやくように言った。

「昨日僕はガザにいた。ある家に突入しろと命令があって、僕たちは押し入った。情報ではそこに捜索中の男がいるはずだったんだ。ドアを破って中に入ると、幼い子供たちがソファに並んで座ってテレビを観てた。アニメだったと思う。そこには女子供しかいなかった。五歳くらいの男の子が、僕たちがドカドカ入ってきたのを見て、どうしたと思う？　オシッコを漏らしたんだ。ソファにみるみるうちにジュワーって輪が広がっていった。僕にはその子と同い年くらいの弟がいる。弟は僕が家に帰るといつも喜んで飛びついてくる。だから、なんでこんな優しい僕を見てこの子は怖がっているのかなって考えた。

僕は迷彩カラーを顔に塗りたくって、ヘルメット被って、防弾チョッキの上に催涙弾やなんやら武器をたくさん身につけた重装備で機関銃かまえて突入したんだ。そりゃ怖がられて当然だ。『怖がらないでいいんだよ』って言おうと近寄ったら、その子は泣きだした。僕はショックだった……。酔ってなかったら、こんな話しないんだけどな」

泣きだしそうな顔をしていた。「早く兵役終わるといいね」私は気休めを言った。その若者がしばらくして、また休暇でやってきた。今度はこんなことを言った。「あと数カ月で兵役終了する。軍から職業軍人にならないかって勧められた。僕の家は兄弟が多くて貧しいんだ。旧市街の配置になったら特別手当がつく。僕はそうしようと思う」

ある日、テル・アヴィヴのバスターミナルでバスを待っていると、一人の兵士が私の名を呼び、満面の笑顔で近寄ってきた。遠目では誰なのかわからなかったが、よく見ると、何年も前に四種目教えたスイミングの教え子だった。

私には、今でも忘れられない、心から愛した生徒が彼のほかにも大勢いる。当時十三歳だった彼は肩関節が柔軟で、自慢の背泳選手だった。すっかり背が伸びて、顔も大人びていた。特殊部隊に配属される予定で訓練を受けているという。「ミエコが鍛えてくれたおかげで、僕は入隊体力テストで最高得点が取れた。感謝してるよ」

毎夏の合宿で、私は水泳指導以外に、家でもできる筋トレ方法や、ストレッチ、筋肉疲労を緩和するマッサージ法を教えていた。私はあなたたちを戦闘員に仕上げるためにトレーニングしたのではない……。しかしそれを口に出して言うことはできなかった。複雑な気持ちで肩を落とし、笑顔の兵士に別れを告げた。

7　イスラエルは変な国

イスラエルでは五月から九月末まで、まったくと言えるほど雨が降らない。春と秋が極端に短い。冬に雨が降る。道路には水掃け溝がない。大した雨でもないのに、テル・アヴィヴのような平坦な街では道は川となり、歩くには膝までの長靴が必要だ。雨量が増すと道路は通行禁止となり、バスは運行を止め、学校も会社も休みになる。

雪が降って、一センチでも積もるとエライことになる。電車も動かない。スリップして交通事故がそこらじゅうで発生する。交通マヒの上に、すべての店は軒並み閉店。雨・雪が原因で停電になることも度々だ。三、四センチ雪が積もると各地で停電になる。電気復旧にはユダヤ側で三日間、アラブ側では五日間から一週間かかる。人々は暗闇のなか、空っぽになりつつある冷蔵庫を眺めため息をつく。この国はちょっと雨や雪が降っただけで機能しなくなってしまうのだ。

冬、娘に会おうと休みの日に家から出たはいいが、道路が川になっていて膝まで水びたしになり、ようやくバスターミナルに到着すると、「本日はエルサレム行きのバス運行中止」と書かれた張り紙を見てがっくり肩を落とし、家に引き返したこともある。

給料は物価や家賃に対して異常に低い。生活するのにぎりぎりである。オシャレ好きな人は収入のほとんどを身だしなみや洋服代に使うが、ジャケットを脱いだ女性の肩辺りに値札がついたまま、というのを時々見かける。

教えてあげると、「明日返品して別の洋服と交換するのだから、放っておいて」と、鬱陶しがられる。これは、イスラエルの法律で、「購入後二週間以内は、着ていない服や靴は返品して別の品物と交換できる」とされているからで、一度くらい着ても洗濯しなければ返品してもわからない、という理屈が通るわけだ。

銀行でうまくやれば、数十万円くらいまでなら口座にマイナスを作れる仕組みがある。月々の返済は確かに厳しいが、それでも借金生活をする人が驚くほど多い。元夫の母は七十万円以上の借金が銀行にあるが、欲しいものはどんどん買って、借金など気にしていない。変な国だ。

しかし、もっと変だと思ったのは、一九九四年、ヨルダン川西岸地区のヘブロンでユダヤ人がモスクに押し入り、礼拝中のイスラム教徒を銃撃したテロが起きた時だ。銃撃による被害者は死者二十九名、重傷者百二十五名。病院に運ばれた後に命を落とした人を合わせると死者は六十名を超えた。しかし、イスラエルのメディアはユダヤ人が犯したこれを〝テロ〟ではなく〝事件〟と呼んだ。しかも、アブラハムはアラブとユダヤの両者の父であるにもかかわらず、テロの現場アブラハム・モスクの地下にユダヤの父と崇められるアブラハムとその子孫の墓があることを理由に、その後アブラハム・モスクの半分をユダヤ教徒のための礼拝場に改装し、隣接するにぎやかなアラブ人商店街シュワダ通りをユダヤ人専用路にしてしまったのだ。おかしいにもほどがある。しかし、変なことはまだまだある。

エルサレム旧市街糞門外側にあるダビデの町の史跡公園を建設の際、そこに住んでいたパレスチナ人が強制的に追放されたが、その周辺の家屋は現在に至るまで撤去または立ち退き命令を受けている。イスラエルがヨルダンから東エルサレムを奪った一九六七年以降に、建築許可を取らずに建設または増設したことを理由としているが、許可申請には家一軒を建てるほどの費用がかかるし、イスラエル当局はパレスチナ人にほとんど許可を出さない。よって、パレスチナ人は無許可で建築または増築する。

毎週どこかで軍警察により大規模な家屋撤去が行われている。「家を壊さないでくれ」と泣き叫ぶ一家の主は撃たれるか刑務所に入れられる。その都度、占領政策の理不尽さにパレスチナ人はさらなる怒りを心に溜める。

イスラエルには「帰還法」という、ユダヤ人の故郷イスラエルに世界各国からユダヤ人を優先的に移民させる、宗教差別はなはだしい法律がある。一方、エチオピアやウクライナなど後進国または貧国から来たユダヤ教徒は、すぐに新移民補助基金の支給を受けることができない。ユダヤ教徒だと偽ってイスラエルに移民しようとするキリスト教徒がたくさんいるからだ。

テレビなどの発表によると、ウクライナからの移民の六〇%はキリスト教徒だったが、ユダヤ人だと偽って移民したという。私の近所にもウクライナからユダヤ教徒と偽って移民してきたキリスト教徒の家族がいた。そこの娘が、こっそり服の中に隠してある十字架のペンダントを見せてくれ、なんともせつない気持ちになった。

彼らはまずヘブライ語を学び、ユダヤ教の勉強をするための学校に入る。そして、ユダヤ教徒であると証明するための試験に合格するまで、徹底的にシオニズムを叩き込まれる。めでたく試験に合格すると移民として認められ、約一年間の家賃及び生活費が政府から支給されるだけでなく、税金が一切免除されるなど、数々の手厚い制度を受けることができるのだ。

私が毎月一万円強支払っている市民税や、給料から自動天引きされる所得税（二〇一四年の資料によると、月収十七万六千円以下一〇%、三十万以下一四%、四十六万以下二一%、六十万以下三一%、百三十九万以下三四%、二百二十五万以下四八%、それ以上の収入五〇%。イスラエルで月収二十万円では生活できない。平均月収はおよそ三十万円）や、食料や生活必需品に自動的に含まれている消費税一八%は、軍事費もさることながら、世界中から集まってくる新移民を支えるためにふんだんに使われている。

移民推進活動を行なう団体タグリットでは、世界中の若いユダヤ人（十八歳から二十七歳まで）を対象に無料イスラエル旅行を実施しているが、航空機・滞在費など全経費の半分は、私を含めたイスラエル住民が支払った税金から出されている。

彼らがユダヤ先祖の町として必ず訪れる「ダビデの町の遺跡公園」は東エルサレムにある。元ヨルダン領の東エルサレムは、国連安全保障理事会でパレスチナ人の土地であると決議されたが、それにもかかわらず、イスラエル軍や政府機関はパレスチナ人の土地家屋を略奪し、家屋撤去を強行している。ユダヤ人だけに与えられる特権は、非ユダヤ人、主にパレスチナ人の人権を踏みにじり搾取する上に成り立っているわけだ。これもおかしな話である。

8　怒れるパレスチナ人——第二次インティファーダ

一九九三年、イスラエルのイツハク・ラビン首相がパレスチナ解放機構（ＰＬＯ）のアラファト議長と和平合意（オスロ合意）を結んだ。これからは平和の方向へ向いていくんだと、イスラエルでも多くの人が思っていた。テル・アヴィヴに住んでいた私の周りには、アラブは皆殺しにするべきだという右派もたくさんいたけれど、「パレスチナ国家独立」や「和平のためにゴラン高原をシリアに返還する」ことに賛成する左派もたくさんいた。

後にわかったことだが、オスロ合意により、それまでガザ地区や西岸地区からイスラエルに働きに来ていた人々の多くが規制を受け、働きに来られなくなり、パレスチナ人は大きな経済打撃を受けた。ラビン政権は、合意内容に含まれていた「入植地からの撤退」「パレスチナ国家独立」「パレスチナ人の帰還」に関して、国内からのバッシングが強すぎて合意どおりに事を進められない状態だった一方、パレスチナ人をイスラエルから締め出すことに邁進していた。パレスチナ人の怒りが爆発するのは時間の問題だった。

また、イスラエル国内では、問題を話し合いで解決しようとしたラビン首相に対する宗教右派の怒りが激化していた。

カフェバーで働いていたある夜、ラジオニュースを聞いていた兵役を終えたばかりの二十二歳のバーテンダーが、急に恐ろしく悲痛な顔をして、こう言ったきり黙り込んで涙をこぼした。「ラビンが暗殺された。店を閉めるぞ」

一九九五年十一月四日、この日からイスラエルは変わった。ラビン首相を暗殺したのはイーガル・アミールというシオニストで宗教右派の青年だった。ラビン率いる左派政権は崩壊し、代わりに政権を握ったのは右派政権で、イスラエル国内で右派の力が急激に増していった。

あちこちでパレスチナ人による自爆テロ事件が発生した。娘に会う日、寝坊して一本バスを遅らせたら先発のバスが爆発していたり、外出中に私のアパートの下を通過中のバスが爆破されたり、時々行くディスコが爆破されたり、娘が数分前に通過した市場の入口が爆破されたり、娘のクラスメートが乗っていたバス爆破で死亡したり……。たまたまその時間そこにいなかったから自分の体がふっとばなかったという経験を何度かした。

それは占領下パレスチナの人々の、悪いことをしていなくても撃たれて死んだり、怪我をしたり、家を壊されたり、刑務所に入れられたり、意味不明の罰金で借金地獄に突き落とされたりすることの怒りと苦しみの結果だったが、イスラエル側に住んでいる者には何も伝わることはなかった。

ある日、やけに隣近所からニュース番組が大ボリュームで聞こえたので、テレビをつけた。アリエル・シャロン元国防大臣がエルサレム旧市街の神殿の丘（イスラム教徒の聖地。同じ場所にユダヤ神殿が数千年前にあったと言われている）に、何百人という戦闘部隊を引き連れて侵入していく姿が映った。「我々はここでパレスチナ人と共存できると私は信じる」。ふてぶてしく言い放ったシャロンの顔は嫌らしかった。

無知な私でさえ、それがパレスチナ人の怒りを挑発するものだとすぐにわかった。戦闘員を動員して聖地に入るとは何を考えているのか、この男は……。シャロンの図々しさに腹が立った。

後方で、聖地へ土足で踏み込まれたことに怒るパレスチナ人がイスラエル軍武装隊に石を投げていた。と同時に、イスラエル軍による激しい銃撃が始まった。テレビの前で私は立ちすくんだ。第二次インティファーダ（パレスチナ人による民衆蜂起。第一次は一九八七年）開始、とアナウンサーが叫んでいた。二〇〇〇年九月二十八日のことだった。

エルサレム旧市街は、イスラム教徒地区とアルメニアンクリスチャン地区とクリスチャン地区とユダヤ教徒地区とからなっている。相互を区切るものはないので一筋入ると別の地区になる、くねくねした迷路が入り込む旧市街は、今も昔も魅力に溢れている。イスラエルに移住した頃、迷いながら何時間も足が棒になるまで歩いたものだが、イスラエル軍による銃撃にパレスチナ人が投石で応戦する様子が毎日ニュースで報道されるようになると、私の足は遠のいた。

一度、自爆テロをしようと考えている人に会ったことがある。二〇〇四年の夏だった。私はたまたま一人で泳いでいた。ビーチ監視員の居ない、海水浴禁止の岩場だった。一時間だけさっと泳いで家に帰ろうとしていた時、一人の若者がハローと声をかけてきた。ハイと返すと、嬉しそうに話しかけてきた。言い寄ってきている感じではなかった。彼は淡々と自分のことを話した。

ヤッフォで弟とアパートを借りて住み、工事現場で働いている二十七歳のパレスチナ人だった。

「家には幼い弟妹と、イスラエル軍に撃たれて体が不自由になった父と、一日じゅう弟妹と父の世話してる母がいる。働いてるのは僕と弟だけだ。僕たちは毎週、稼いだ金を家に持って帰る。僕たちアラブは、男が結婚する前に家を建てて、相手の親に、この家にお嫁にくださいってお願いするのが普通なのに、僕はこんな年になってもまだ嫁をもらうための家が建てられず、両親と弟妹を食わしていくだけで精一杯。

もうすぐ分離壁が建設される。知ってるだろ？　僕たちは働きに来られなくなる。家族を養うことも結婚することもできない。海にも来られない。希望は消えた。今日、海にお別れを言いに来たんだ。僕は自爆しようと思う。そうすればハマスから手当てが出る。それで僕の家族はしばらくは食っていける」

「ちょっと待って。もしイスラエルの就労許可を取ることができるなら、あなたと弟はここに残って働いて、郵便局から送金すればいい。嫁は、ヤッフォのアラブ女性をもらえばいい。ヤッフォのアラブ女は学歴もあるし、自立してるよ。そうすれば、あなたは実家に送金しながらここに住み続けることができる」

「村出身の、僕みたいな学歴も家もない男と結婚する女なんて、ヤッフォにはいないよ」「わからないよ。あなた頭は悪くなさそうだし、かっこいいんだから、そこに惚れる女性がきっとイスラエルにもいるよ、希望を捨てないで」「君のような考えの人、初めて会ったよ」「お元気で」

私は立ち上がり、岩場を去った。彼はまだ生きているだろうか。

9　分離壁の地ならしは不法労働者で

第二次インティファーダ開始から二年後、首相にのし上がったアリエル・シャロンがヨルダン川西岸地区に「セキュリティのために分離壁を建設する」と発表した。

全長七〇〇キロメートル、高さ七メートル一〇センチの分離壁はパレスチナの内側を突っ切る形で建設されたため、多くのパレスチナ人が土地や畑や家を奪われた。その理不尽さに抵抗する者は刑務所に入れられ、撃たれて手足を失くし、殺された。

分離壁建設の地ならし作業をしたのは、主にアフリカ人不法労働者だった。南テル・アヴィヴは住宅の賃貸料金が比較的安いため、アフリカ、ロシア、東欧、東南アジアからの出稼ぎ労働者がたくさん住んでいる。私もそこに住んでいた。毎朝六時、南テル・アヴィヴの街角に政府のトラックがやってくる。口伝えにこれを知っているアフリカ人たちがトラックが来るのを待つ。

朝五時半に寿司の仕込みに出かける私は、毎朝通勤時に彼らを見かけた。トラックを待つ集団には知り合いも大勢いた。ガーナ語で彼らが「アティセイ（元気）？」と私に問いかけ、「ボッコー」またはいは「エイェ（良好）」と挨拶を交わした。

運転手が「今日働きたい人、乗って」と呼びかけ、彼らをトラックに乗せる。トラックは西岸地区へまっしぐらに走り、その日の「仕事場」に到着すると彼らを降ろす。道具を渡された彼らの任務は、分離壁建設予定地に住むパレスチナ人の民家や店や畑や家塀を壊して、平坦にならしていくことだった。じりじりと焼きつける太陽の下で力仕事をさせるには、暑さに強い、力持ちのアフリカの男が適していた。

しかもイスラエル政府にとって都合のよいことに、不法労働者はヘブライ語を理解するものが少なく、何が起こっているのかはっきり知らない者が多かった。

不法滞在及び不法労働者であるという弱みもあって、彼らは自分たちが目にしていることをテル・アヴィヴに戻って他言することはまずなかった。

こうして、二〇〇二年から二〇〇四年頃まで、主にアフリカ人が西岸地区の壁建設の準備に当たった。二〇〇〇年前後、観光ヴィザを取得して、不法労働を目的に入国してくるアフリカ人を入管が取り締まらなかったのは、何年も前から予定していたこの分離壁建設にいずれ利用するつもりだったからだろう。

彼らは、土地を追われ、家を追われたパレスチナ人がイスラエル軍に抑えられて泣き叫ぶのを横目に、毎日五、六時間作業した。日給は四百シェーケル（約一万三千円）だった。当時の最低賃金の四倍だった。しかもイスラエルでよくある、給料を支払ってもらえない心配はなかった。日当はその日払いだったからだ。それは掃除仕事で時給三十シェーケル（約千円）もらっていたアフリカ人にとって、好都合だった。

夕方、ビールを下げて私の家に来て井戸端会議する友人たちはみな、この仕事に就いていた。彼らは口をそろえて言った。「僕たちは超高給の仕事をして稼いでいるけど、なんか気持ちがすっきりしない。パレスチナ人がかわいそうだ」

そんな形で分離壁建設準備は進められ、二年が過ぎた。第二次インティファーダの影響もあり、イスラエルでは失業者がどんどん増えていた。西岸地区の壁建設予定地の大半の土地がならされた、という時期にさしかかったある日、「明日から不法労働者を逮捕する。彼らがいるからイスラエルの失業率が増えるのだ。よって不法労働者は国外退去させる」という政府の決定がニュースで発表された。これはまったくつじつまが合わない。

イスラエルの失業率が増えているのはインティファーダの影響で、観光業が干上がり、おまけに海外ビジネスマンがイスラエルに来るのをためらって貿易が成立しないからで、不法労働者が原因でないことは誰の目にも明らかだった。掃除、肉体労働、家政婦、老人の世話など、不法労働者が引き受ける仕事には、楽して稼ごうと考えるイスラエル人は就かない。

イスラエル人が避ける代表的な職種の一つに老人の世話がある。大半はフィリピン人がこの職に就いているが、最近はスリランカからの出稼ぎ労働者もやって来るようになってきた。イスラエル政府と各国政府との折り合いのもと、年間数十万人の外国人が政府がらみの斡旋業者に金を払い、老人の世話をするため一年有効の特別就労ビザを取得してやって来る。

西岸地区内の入植地（ユダヤ人専用地）で畑仕事をするタイ人や中国人も、同様の政府間の取り決めのもと、「どこどこの入植地での就労のみを許可する」と書かれた特別就労ヴィザを受けて働いている。

要するに、「不法労働者取り締まり」は、政府や斡旋会社にヴィザ取得申請の支払いをしていない者を追い払いたかったわけだが、一番の理由は分離壁建設の土地ならしをしたアフリカ人を永遠に追放してしまいたかったからだろう。

イスラエル人の彼女がいるために「恋人ビザ」を持つカメルーン人のパトリックが、夕方一人でやって来た。「僕だけ移民管理局から解放されたんだ」。イスラエル人の恋人がいる者には恋人ビザが支給される。相手がパレスチナ人である場合はもらえない。朝、いつもの政府トラックが街角で皆を乗せたが、着いたところはテル・アヴィヴの隣町ホロンにある移民管理局だった。全員降ろされ、パスポートを見せろと迫られ、自分以外は不法就労罪で留置所へ送られたという。

翌日も、翌々日も同じように同じトラックがやって来て、アフリカ人たちを乗せた。時にはインド人や中国人もいた。私は通勤バスの窓から、大型トラックに立ったままぎゅうぎゅうに詰め込まれるアフリカの男たちを毎朝、見た。毎月何万人というアフリカの不法労働者がこのような形で捕まった。

アフリカ人が住んでいるという情報が入ると、警官が夜中にドアを壊して入り、寝ている人を連れて行くこともあった。政府は、彼らを本国に強制送還した。チケット代は政府が払った。十万人を超える不法労働者の一人当たりのチケット代はエチオピア経由で八百ドルほどだと聞いた。

南テル・アヴィヴは、ここはアフリカか？　と思うほど黒人が多い街だった。気のいい奴がたくさんいた。強制送還によってアフリカから働きに来ていた人々は二〇〇四年頃にはほとんどいなくなり、スーダンやエリトリアからの戦争難民がそれに代わった。

外に出て働き、行動範囲が広がり、交友関係が増えるにつれ「この国は何かおかしいぞ」と心に抱きはじめた疑問は増すばかりだった。ハイテクは進み、女性の地位も男性と同じ、経済が先進国並なのはいい。

しかし、宗教で人を差別して、それを当たり前とし、非ユダヤ人に対して排他的、明らかに民族差別だと思えるようなことを平気で口にする、軍事に多額をかける、雨が降れば道路が川になる、山の両側からトンネルを掘れば一つのトンネルを掘る予定だったのに二つになってしまったりもする、道でアラブ人を見ただけで怖がるユダヤ人がいるかと思うと、役所が雇う道路清掃人はアラブ人がほとんどだ。

なんかおかしいという気持ちは、怒りを伴っていた。イスラエル人特有の陽気でオープンなところはとてもいい。男女平等の精神も素晴らしい。だが、押しが強くて恥知らずな国民性と社会に、私は頻繁に憤った。イスラエルに移住して最初の約十年が憤懣のうちに過ぎていったといっても過言ではない。この国民性はそのまま政治に反映されているように思う。

「分離壁はパレスチナが独立する際に国境となるはずの停戦ラインから大幅にパレスチナ側に入り込んで計画されていて、多くのパレスチナ人が農地や家を没収されている」ことを教えてくれたのは、ニューヨークやフランスで映像を勉強した映画製作者のエイタン・ヒレルだ。シオニストのエイタン一家はベルギーからイスラエルに移民してきたが、彼は政府のあからさまな民族差別に気づき、知れば知るほどもう我慢できない、黙っていられない、と声を挙げた一人だった。

彼が属していた平和活動団体タイユシは、「分離壁の建設はパレスチナ人の人権を無視したものであり、強行すれば彼らの憎悪をますます強め、パレスチナ・イスラエル間の衝突を激化させる」と、分離壁建設に反対する活動を始めた。団体は今、西岸地区南端・南へブロンの遊牧民族をイスラエル政府が追放しようとしていることに対し、反対運動を行なっている。

エイタンは分離壁反対の皮肉を込めた短いドキュメント映画を何本も作った。

ベツレヘムの分離壁が完成したのちに彼が製作したドキュメントは、壁の両側にカメラつけ、壁の反対側で同時上映して、分断されたパレスチナの人々が、壁建設以前のご近所さんに手を振りながら携帯電話でスクリーンに映された人と会話するというものと、分離壁をテニスのネットに想定して、テニス選手が試合をするというものだった。

エイタンに話を聞くまで、単にイスラエルのニュースを見るだけだった私は、分離壁の建設は当然だと思っていた。このあと、次々とパレスチナ人や、イスラエル人左派に出会って、私は考えを変えていくことになる。

10　パレスチナとの出会い

パレスチナでユダヤ人による土地の買収や没収が始まって百年が経とうとしている。この間、およそ三千にのぼる村々が焼かれ、破壊され、もともとここに住んでいたパレスチナ人の多くが他国に逃げ、難民となり、現在もイスラエルによる追放、家屋撤去が繰り返されて、パレスチナ難民は増え続けている。しかしそんな話は、イスラエル社会では一般には聞かない。

一九四八年のイスラエル建国により、パレスチナとイスラエルとの間に境界線が引かれた際、イスラエル側に残ってしまったパレスチナ人町村がある。イスラエル北部に特に多い。そこに住むパレスチナ人をアラブ・イスラエリー48と呼び、国籍はイスラエルである。彼らがイスラエルで受けている差別を二、三あげてみよう。

イスラエルでは、住民人口に対して、各町村への予算が決められる。各町村は予算内で、教育、環境、衛生、医療など必要経費に当てる。ユダヤ教徒のみが住む町役場の予算は、同人口のアラブ人町役場の約六倍である。

交通の便にも差がある。どんなに辺鄙なところでもユダヤ人の住む地区には町からバスが出ているが、アラブの村行きはない。自家用車を持たないアラブの村人は十キロ歩いて町に出るか、同じ村の人の車に乗せてもらうしかない。

差別は就職時にも明らかだ。アラブ人を雇わない差別的な職場がかなりある。また、求人欄には「兵役終了者のみ可」と書かれていることがよくある。アラブ人は排除するという意味だ。

近所にイスラエル北部出身のアラブ・イスラエリー48の若者が二人住んでいた。二人ともエルサレムのベツァレル芸術大学洋画科卒で、部屋にはいつも描きかけの油絵が所狭しと並んでいた。その一人は、有名な俳優・映画監督のモハマッド・バクリの甥っ子ドゥラール・バクリ、画家である。もう一人はラミという名の画家志望の青年だった。彼らから、ナクバ（大災厄）について何時間もかけて話を聞いた。

ラミの話はこうだった。祖父は、イギリス統治下のパレスチナで、現在ヘルツェリア・ピトゥアと呼ばれる町の約半分の土地を所有する地主だった。そこにある日、イギリスのお役人がやって来て言った。「すまないが三日ほど土地を空けてくれ。管理局のほうでやらなければならないことがある。三日たったら戻って来ていい」。無垢なパレスチナ人はお役人の言うことを聞いた。

三日後、村人たちが戻ると、「ここはもうお前の土地ではない。今すぐ出て行かないと皆殺しにする」

と宣告され、土地も家も没収された。各村に火がつけられた。火をつけたのは、イギリス軍とユダヤテロ組織だった。

攻め方は非常に巧妙だった。レバノン国境付近の村を攻める際は、現イスラエル側から火をつけ、火を見た村人たちがレバノンに逃げるようにした。シリア国境付近の村にも、ヨルダンとの境界線付近の村にも、一番離れた現イスラエル側から火をつけた。現在イスラエルとなっている土地に住んでいたパレスチナ人は、東方に逃げるように火をつけられたのだ。金のあるものは家族そろって海外に逃げた。ラミの祖父一家はイスラエル北部に逃げた。

地中海沿岸南部に住んでいたパレスチナ人のうち、お金のない人または逃げるより戦いを選んだ人はパレスチナ地区に指定されたガザ地区に残り、ユダヤ人テロ組織（有名なものにハ・アガナ＝自己防衛軍がある。ハ・アガナは後のイスラエル国防軍）相手に戦った。

ドゥラールやラミと知り合って少し経った頃、テル・アヴィヴの建設現場で働くシルワン村出身のマヘルと仲良くなった。週末に皆が集まるクラブやバーに、アラブ人だからという理由で、入場拒否され入れてもらえない彼は、いつも孤独で、差別に怒っていた。そんな彼が気の毒で、私は時々飯を作って招き、口の悪さを叱り飛ばしつつ、心根の良さを指摘して、事あるごとに相談に乗った。それを恩に感じたのか、彼は私を実家に連れていってくれた。

シルワン村の高台ラスル・アムードにある彼の家は、窓から黄金に輝く岩のドームが見える、見晴らしのいい場所にある。その家は軍から目をつけられていた。軍は高いところが好きで、ユダヤ人入植者と軍用展望に利用するつもりなのだろう。彼の弟が見せてくれた書類には、「建物の三階部分が違法建築であるため、毎月二万円の罰金をエルサレム市役所に払うこと、支払いが滞った場合、即建物を撤去する」と書かれていた。

罰金を払いはじめてすでに二十年になる。マヘルは言った。「俺はインティファーダで闘った。シャロンがアクサ・モスクに侵入した時、俺たちエルサレムに残ったパレスチナ人は、ここだけは命を懸けてでも守らなきゃいけないって団結したんだ。でも、何度も刑務所に入れられて、拷問受けて、闘う気力がなくなった。今はニュースを観るのも吐き気がする。ただ生き長らえること、それしかもう頭にないんだ」

インティファーダ時に国際赤十字の赤新月社の運転手を勤めていたマヘルの父アフマッドは、英語、ヘブライ語が達者で、家屋撤去命令を受けている隣人の話や、ユダヤ人がヨルダンから百年単位で借りている東エルサレムの墓地を、イスラエル軍がヨルダンから奪う一九六七年以前には、ユダヤ人は死体をのせた担架を徒歩で運んで埋めていたという話など、いつもいろんな話をしてくれた。彼らからこういった話を聞くうちに、それまで私の周囲で禁句のように響いていた「パレスチナ」は、この国のおかしさを探るのに、重要なキーワードになった。

テル・アヴィヴ中央バスターミナルの南側に、シャピーラという低所得者や難民がたくさん住んでいる地区がある。

当時マアリブ新聞社に勤めていた友人タリの話では、二〇〇一年八月七日付のハ・アーレツ新聞には、パレスチナ人がイスラエル軍に情報提供したことで、ガザ地区及びヘブロンやナブルスなどヨルダン川西岸地区から一五〇人のパレスチナ人が家族ともどもイスラエルに移住していることが書かれている。「現在シャピーラには、シャバク（イスラエル総保安庁）に協力した報酬としてイスラエルの身分証明書を受け取った、ガザから移り住んできた家族が約百五十世帯いる」そうで、アラブ人は子沢山だから一世帯八人の子供と単純計算して、約千五百人ぐらいが暮らしている。

ガザ出身の彼らは非常に目立つ。イスラエルに住むイスラム教徒の女性は宗教的な装いをあまりしない。髪をヒジャブで覆っている女性もいるにはいるが、ピチピチのジーンズに体の線がはっきりわかるTシャツを着るなど、イスラエルのファッションにかなり同化している。それに対しガザの女性は、黒いベールで顔を覆い、体の輪郭がはっきりしない丈の長いワンピースを着て大勢の子供を連れて歩いているので、「ガザから来ました」と宣伝して歩いてるようなものだ。

二〇〇六年まで私はシャピーラ地区に住んでいた。近所に越してきた大家族のお父さんはとても気さくで、「ガザから来たんだ、よろしくね」と、あっけらかんとした口調で私に言った。何度も挨拶しているうちに、ある日、立ち話ではなんだからと家に招いてくれた。部屋の中で子供たちが六、七人はしゃぎまわって遊んでいた。隣室には彼の妻と老母がいた。

私は前から聞きたかったことを率直に聞いた。「なぜシャバクに協力する気持ちになったのですか？」。彼は胸を張って答えた。

「ガザには仲間内の裏切りや派閥がたくさんある。仲間内で闘っても食えない。ガザでは子供も大人もみんな腹をすかしていて、イライラしてるんだ。そんな時、情報提供したらイスラエルに住めるようにしてやる、とシャバクに言われた。ガザには仕事がない。俺は家族を食わすことのできる道を選んだんだ。後悔してない」

11　元兵士による写真展「ブレーキング・ザ・サイレンス」

私は小さいときから本を読むのが好きだった。テル・アヴィヴにある日本大使館には図書館があり、貸し出し無期限の棚がある。私は定期的にそこへ通っていた。ある日、日本人の旅行者が大使館の窓口で、「これからハイファに行きたいのだが、交通機関はどうなっているのか、安い宿泊所はどこがいいか」と訊いていた。

テロ事件が相次いで起こっていた当時、大使館員は一般の交通機関を使用してはいけないことになっており、窓口の係員は安い移動方法や安宿の情報は持っていないようだった。お節介屋の私はそこでつい、口を挟んだ。その日は金曜日だったので、注意しなければならないことがあったからだ。

「今日、日没から安息日（シャバット）に入ります。午後二時ごろから飲食店は閉まり、国営バスは動かなくなります。もしハイファで泊まるところが見つからなければ、シャバット割増料金になりますが、テル・アヴィヴまで乗り合いバスに乗って戻ってくることができます。テル・アヴィヴまで戻れたら、狭い部屋だけれど、私の部屋に泊めてあげますよ」と携帯電話の番号を渡した。

その旅行者は、その日の夕方、電話をしてきた。ハイファで宿が見つからなかったので泊めてほしいという。迎えに行き、南テル・アヴィヴを案内し、泊めてあげた。久しぶりに日本語で話ができるのが嬉しかった。日本語でしか通じないものがある。旅行者は二年間の長期旅行者だった。荷物はエルサレムのファイサルという安宿にあるという。

その旅行者がエルサレムに戻って数日経つと、知らない日本人から電話を受けた。「そちらに泊まった方と同じ宿にいる日本人だが、分離壁反対のドキュメント映画を撮っている。男性三人で行くので二晩ほど泊めてくれないか」という。「雑魚寝でよければどうぞ」と返事した。今は亡き、ドキュメンタリー映画監督の佐藤レオさんと八木健次さんと、Rさんだった。

彼らがやって来て、窮屈な雑魚寝をしつつ、同じ釜の飯を食って、いろんな話に花を咲かせた。自爆についての討論では、レオさんは彼らの気持ちを察するべきだと言い、私はその頃まだパレスチナ人の置かれた状況を把握していなかったこともあり、反対し、口論になった。

彼らは一カ月後、また電話をしてきた。「写真展『ブレーキング・ザ・サイレンス（沈黙を破る）』に一緒に行ってヘブライ語の通訳やってくれ、イスラエル人フォト・ジャーナリストのミキ・クラッツマンに電話で面会アポをとって、彼のアトリエに連れて行ってくれ。今度も雑魚寝でいいから三泊させてほしい」と言う。

八木さんが撮っていたドキュメント映画『ウォール』の一コマに、テル・アヴィヴの風景や展覧会の様子を入れたいということだった。ミキ・クラッツマンは、この展示会の監修を務めたフォト・ジャーナリストで、分離壁建設に心を痛めており、八木さんの映像を見て目に涙を滲ませ、「これ以上は観られない」と言った。ミキのアトリエには、当時イスラエル軍のお尋ね者ナンバーワンだったザカリエ・ズベイディ（第二次インティファーダ時のパレスチナ戦闘員リーダー）の大きな写真が飾られていた。許可をとって撮影したのだという。

展示会には三日連続で出かけ、ヨナタンという元兵士に個室でインタビューを行なった。閉館後は海辺やシェンキン通りやカルメル市場に行った。シェンキン通りのカフェで従業員に、観光客かと聞かれ、彼らはジャーナリストだと答えると、なんかある時だけニュースだと騒いで勝手にやってきて……と嫌みを言われた。

八木さんたちの要望に応えたことによる体験は、私に決定的な転換をもたらすことになった。『ブレーキング・ザ・サイレンス』は、日本では『沈黙を破る』という名で知られており、ヘブロンに配置されていた元兵士が二〇〇四年、テル・アヴィヴの写真・映像専門学校で写真展を開いたときの展覧会名で、現在はそこから派生した団体名となっている。

写真展は元兵士たちの疑問の凝縮だった。兵士たちは自分がしていることに疑問をもち、その疑問をカメラに収めた。兵役中は取材に答えたり、軍関係のことを外部に漏らすことは禁じられており、違反すれば刑務所行きである。兵役を終了しても一生、口外することやアラブ諸国へ行くことが禁じられている特殊部隊もある。

ユダヤ人が書いたヘイトメッセージ、兵士ごっこをして遊ぶパレスチナの子供たち、無罪のパレスチナ人を夜間外出禁止令を破ったという理由で拘束して目隠しをして縛り付けた写真の数々、パレスチナ人から奪い取った多くの車の鍵が展示され、無実の人を簡単に殺す軍の実態を暴露する、元兵士達による数々のヴィデオ証言が上映された。軍命令により、ヘブロンだけでなく、ガザ、ナブルス、ジェニンなど占領地で行われている無慈悲な犯罪、それが兵士自らにより明らかにされたのである。

会場には国内外から多くの人々が足を運び、新聞やテレビも大きく取り上げた。会場でショックを受けて泣き出す人もいた。開催中、グループの中心人物らは軍調査部で半日拘束され、「誰がどれくらいシオニズム国家にとって危険か」を判断するために、個別尋問を受けた。

よれよれのTシャツを着た元兵士・ミハエルが、海外のメディア関係者約百名を対象に感情を込めて展示物の解説をした。鳥肌が立った。

「僕たちは幼い時から大きくなれば兵役に就くことが当然の義務だと教育されて育ち、高校卒業すると兵役に就きます。兵役中、家族や社会の期待に応えようと、一生懸命、軍命令に従います。気が付くと、人として、罪を犯していました。自分がやったことだと信じたくないようなことをたくさんしました。

兵役中、休暇で家に戻っても、自分がパレスチナ人にどんな悪いことをしたか誰にも話せません。私たちは疑問を持ちました。なぜ僕たちは無実の人を殺し、痛めつけるのか。しかも簡単にです。罪は問われません。相手がパレスチナ人なら、何をしても許されるからです。なぜでしょう？　イスラエル社会は若者の疑問に答えるべきです。

イスラエルの若者が兵役を終えると世界中に旅に出ることは誰もが知っています。海外に行っても自分のしたことが忘れられなくて、麻薬に溺れたり、精神がおかしくなって自殺してしまった友人もいます。自分が行なったことに罪悪感があって、罰せられるべきは自分なのに罰せられず、忘れたくても忘れることができず、誰かに話したくても話せないまま大人になってしまいます。パレスチナ人に対してなぜ非道を行わなければならないのか、なぜ理不尽なことを押し付けるのか。社会は僕たちの疑問に答える責任があります。

なぜなら僕たちが占領地で行なう非道は、イスラエルがパレスチナを占領しているからであり、占領はイスラエル社会による決定であり、その責任は国民すべてにあるからです。そのことを問うために僕たちは今、ここにいるのです」

レオさんと八木さんがエルサレムのファイサル・ホステルに戻る時、「機会があればファイサルに来てください。日本人旅行者がたくさんいますよ。泊めてくれたり、テル・アヴィヴを案内してくれたり、通訳してくれたお礼に宿泊費はこちらで持ちます」と申し出てくれた。興味があった。自分が歩むべき道が見えてきたような気がした。

数日後、私はファイサルめがけてバスに乗った。

ファイサルには日本人のバックパッカーがたくさんいて、居間でみんなと交流するのがとても楽しかった。時には娘を連れて泊まり、ユダヤバスが動かない土曜日に、アラブバスに乗ってオリーブ山に昇ったり、エリコに日帰りで出かけたりした。エリコ／エルサレム間は直通バスがないので、東エルサレムのアブ・ディスで乗り換えなければならないが、日が暮れるとアブ・ディス行きがなくなってしまう。

ある日、娘を連れてエリコに行った帰り、カランディアの検問所の檻の中で、行列に並んでいた時、私が兵士の偉そうな口調や檻システムに腹を立てていると、娘がこう言った。「こうしなければ、イスラエル人をテロから守ることができない」

同じものを見て、同じ檻の中で長い行列に並んでいても、受け取り方が異なり、まったく別の感情が沸き起こるのはなぜだろう。しばらくすると娘は、シャバットにバスに乗るのはイヤだと言いはじめ、次にはパレスチナに行くと自分はユダヤ人だから危険だ、と言うようになった。それからは、娘のアラブに対する偏見がなくなるように、折に触れて話すことが私にとって一つの課題となった。

ファイサル・ホステルでは、マネージャーをしていたヒシャムとも知り合い、たくさんの話を聞かせてもらった。彼は当時、パレスチナの人権を守るための国際連帯運動ＩＳＭの訓練係りを務めていた。ＩＳＭのモットーは、「たとえ一人でも反対意見があれば、全員が納得するまで話し合う。多数決で物事を決めない」だった。

民主主義とは、多数決ではなく、一人でも反対意見の人がいれば話し合いをして、誰にも無理がないようにすることだ、ということをＩＳＭを通して初めて知った。

八木さんとレオさんの後にも、多くのフリージャーナリストや活動家に出会った。写真家の幸田大地氏も、こうして知り合った一人だ。彼らは、分離壁反対デモの話をしてくれた。デモにはイスラエル人の友人も参加していた。

二年後レオさんがやって来て、『ビリン村の闘い』という非暴力デモに関するドキュメント映画を撮っていった。一緒にデモに行きませんかと誘ってくれたが、当時の私は彼らと一緒に行くガッツはなく、重い腰のまま月日が経った。

第3章　パレスチナ連帯へ踏みだす

1　ヴァヌヌ釈放

二〇〇四年四月二十一日に、イスラエルの全国ネットで中継されたテレビニュースを再現してみよう。

白いワイシャツに黒のネクタイ、溌剌とした姿で両手を高く掲げ、Vサインをしたヴァヌヌが刑務所敷地内の駐車場に現われた。数百名のヴァヌヌ支援者とヴァヌヌ反対派が刑務所外に押し寄せていた。

この日、刑務所から釈放されるヴァヌヌを一目見ようとはるばる遠方からやってきた支援者の歓声に、イスラエルの機密事項を世界に知らせ、恥をかかされたと怒る右派の罵声が混ざり、殺気立っていた。上空には警備するヘリコプターのパラパラという音がしきりに聞こえる。

ヴァヌヌは報道カメラの前で演説をした。当初は、刑務所の外でやることになっていたが、ヴァヌヌ反対派に殺される可能性があると考えた弁護士が、演説の場を刑務所内の駐車場に変更させた。兄アーシェル、弟メイール、弁護士、警察官、警備員に囲まれて駐車場中央へ出たヴァヌヌは、柵の向こう側に向かって再度両手を高く上げ、支援者に何度も手を振り挨拶する。

そしてマイクの前に立つが、周囲の騒がしさに顔をしかめ、メイールに小声で何か告げた。ヴァヌヌに耳打ちされて、メイールは報道陣にこう注意した。

「後ろに下がってください。静かにして。静かにならないのなら、演説は中止します」。メイールが報道陣を相手にしている間に、ヴァヌヌがしたことは、皆をあっと言わせた。ヴァヌヌは両手を高く掲げたまま、刑務所と刑務所外を隔てる柵まで真っ直ぐに歩いていったのである。それだけではない。柵外にいたヴァヌヌ支援者の群集に向かって大きく手を振り、柵に足をかけて腕を柵外に突き出し、Vサインをした。次にもっと驚いたことに、彼を嫌う者たちに向き直って、中指を突き出したのである。アナウンサーは興奮を隠さず言い放った。「こ、これは予定にはありません。驚きました」

慌てて追いかけてきた警備員に、柵から降りるよう促され、マイクのところに戻ってきたヴァヌヌは両手を胸の前で合わせ、一呼吸してから演説を始めた。

英語で話します。イスラエルは私に、外国人と話をしてはいけないと命じました。外国人と話してはいけないならば、私はヘブライ語で話しません。

私はモルデハイ・ヴァヌヌです。一九八六年十月五日にイギリスの『サンデー・タイムズ』紙で、イスラエルの核兵器開発計画についての機密を暴露した者です。私は一九八六年九月三十日にイタリアのローマでイスラエルのスパイに誘拐され、十月七日に貨物船でケイサリア港へ着き、このアシュケロン刑務所に投獄されました。それから今日に至る十八年間、イスラエルのスパイと、モサドとシャバクにより汚らしい扱いを受けながら、この刑務所で、しかもほとんどの年月を独房で過ごしました。

この刑務所はモサドとシャバクに支配されています。刑務所の職員はガードマンに至るまで皆、モサドとシャバクの手下です。

イスラエルの人々よ、あなたたちはユダヤ人と他の宗教の人とを区別し、差別しています。これは、自分で自分の国を差別国家だと言っているのと同じです。

多くの人が私を反逆者だ、スパイだと言いますが、私は反逆者でもスパイでもありません。この国で何が起こっているのか、イスラエル国民には知る権利があります。他の国の人にも知る権利があります。ですから私は、自分がしたことを誇りに思っています。私が暴露したことは、今では世界中の人々が知っています。

私はこの刑務所で十八年間苦しみました。そしてユダヤ教徒からキリスト教徒に改宗したために差別を受けました。私はこの差別国家に住みたくありません。

皆さん、聞いてください。ユダヤ国家は必要ありません。ここにはパレスチナ国家があるべきです。ユダヤ人は過去、世界のあらゆる国に住んできました。どこにでも住めるのです。したがって、ユダヤ国家の存在は重要ではありません。

そして、もう一つ言いたいことがあります。核兵器は必要ありません。イスラエル以外のすべての湾岸諸国は核兵器を持っていません。イスラエルはディモーナ核開発研究所を世界に公開するべきです。世界の核検視官にみてもらうべきです。モハマッド・エルバラダイ（国際原子力機関第四代事務局長）を呼んで見てもらうべきです。

この刑務所の中で、モサドやシャバクは私を狂わせ潰そうとしましたが、私の意志を潰すことはできませんでした。これは、いかなる苦難にあおうとも、自由な魂を持つ者は生き延びることができるのだという証拠です。自由な魂を持つ者は何者にも潰されることはありません。私は英雄です。そして十八年間、私を支えてくれた私の支援者全員が英雄です。私は自由な魂から生まれた知能の象徴です。

今日、私は釈放されましたが、完全に自由になったわけではありません。数々の規制を強制されています。十八年間刑務所で苦しみぬき釈放された今、私は自由になり、新たな人生を歩みたいと希望しています。

演説を終えたヴァヌヌは、兄のアーシェルとともに、弟のメイールの運転する車に乗った。反対派は彼を懲らしめようとやっきになっていた。刑務所のゲートが開き、彼を乗せた車が刑務所の外に出ていくと、彼らは「シオニズムを冒瀆した、国家を裏切った」と怒り叫び、支援者たちを力ずくで押しのけ、車の周囲に集まってきた。走りはじめる車のバンパーに足をかける人、猛烈なスピードで併走して窓を叩く人もいた。そこには悪意のエネルギーが渦巻いていた。

ヴァヌヌを乗せた車はしつこく追いかけてくる反対派を振りほどき、走り続け、東エルサレムのシェイク・ジャラ地区にあるセント・ジョージ教会に向かった。彼はこの教会の一室で約二年暮らした。

ヴァヌヌは、釈放と同時に「言動及び行動の自由」を剥奪された。国の行動規制は九カ条あり、現在も、何度も更新されつつこれらの規制事項は施行されている。

1 イスラエル人以外の者と連絡を取ってはならない。
2 電話を使用してはならない。
3 携帯電話を所持してはならない。
4 インターネットにアクセスしてはならない。
5 いかなる大使館、領事館にも接近または入館してはならない。
6 国境五〇〇メートル以内に入ってはならない。
7 港及び空港の敷地内に入ってはいけない。
8 イスラエルからの出国禁止。（西岸地区への出入りも禁止）
9 家族以外の者と三十分以上話してはいけない。

2 ノーベル平和賞辞退の手紙

獄中ヴァヌヌは複数の名誉を受けたが、釈放後もそれは続いた。二〇〇四年九月、オノ・ヨーコ氏による「平和のためのレノン・オノ助成金」を受けた他、ノルウェーのトロムソ大学より三年間の教員職を推薦任命され、同年十二月、イギリスのグラスゴー大学では学生投票にて三年間の教員職に任命された。二〇〇五年にはノルウェー人の平和賞を受賞し、二〇一〇年十月四日、カール・フォン・オシエツキー賞を受賞した。

二〇〇九年三月には、ノーベル平和賞候補になったが、自分を拉致するようモサドに命令し、刑務所に送り込んだシモン・ペレス元首相も同候補に挙げられているのは不名誉だとして、オスロのノーベル平和賞委員会に「候補拒否の手紙」を送り、候補からはずしてほしいと希望した。

「オスロ・ノーベル平和賞委員会殿

候補者リストから私の名を外していただきますようお願い申しあげます。

私はイスラエル首相であるシモン・ペレスの名が載るリストに、自分の名前を並べることはできません。彼はイスラエルのディモーナ核兵器開発計画を裏で操っている人物で、一九八六年九月三十日、私をイタリアのローマから誘拐するようモサドに指示し、スパイ及び裏切り行為の容疑で、私を十八年間刑務所に縛りつけ、釈放後も今に至るまで私に数々の規制を与え、私から言動の自由を奪うよう指揮している者だからです。

以上の理由により、私が自由になるまではノーベル平和賞の候補を拒否いたします。私が求めているものは自由です。自由のみです」

オノ・ヨーコ氏から受け取った助成金は、今もどこかの銀行に眠っている。自由になって、イスラエルから出国した時に生きていくために保管してある。

ヴァヌヌはどの授賞式に出席することも、トロムソ大学やグラスゴー大学の教員職に就く事も、国がヴァヌヌの出国を認めないため、諦めざるを得なかった。

家族以外とは三十分以上話してはならないのだから、働くこともできない。しかし、携帯電話とパソコンは使っている。ヴァヌヌは自分のウェブサイトを自作し、随時状況を世界の人々に報告するようになった。そこにはヴァヌヌへのカンパ用ボタンもある。ヴァヌヌの考えや、彼がやり遂げたことに感銘する人々からのカンパは、そのボタンを通じて彼の口座に振り込まれる。

イスラエルの物価は高いが、冬の寒い日でもストーブをつけず、食器は洗剤を少なめにして水で洗い、夏の暑い日も冷房はつけない、といった徹底した節約を貫き、そのカンパ金で彼は今も細々と暮らしている。

3　第二次レバノン侵攻

二〇〇六年、イスラエルがレバノンを空爆し、陸上侵攻した。私が勤めていた会社の社員三百人はある日突然、半数になった。男性社員のほとんどと女性社員数名が予備役召集されたのだ。ビルの八階で働いていた私の席に、課長がやって来て言った。「空爆警報サイレンが鳴ったら、慌てず二分以内に地下シェルターまで降りてください。エレベーターは使わないように」。それはまったくもっておかしな警告だった。

当時イスラエル北部には、毎日、毎時間、レバノンから貧弱なロケット弾が飛んできて、陰気な雰囲気だった。北部住民の多くがエルサレムやテル・アヴィヴに避難して来た。イスラエルから海外に逃げる人はいても、来る人はいなかった。

ちょうど夏休みに入ったので、私は娘を連れて日本の実家に避難した。イスラエルから日本へは直行便が飛んでおらず、ヨーロッパを経由した。がらーんとした誰もいない空港で、ローマ行きの列に並ぶと、なんと二十人ほどの日本人観光旅行団体が並んでいた。前に立っていた男性が私が日本人だと知って声をかけてきた。

「こちらにお住まいですか」「はい、娘を連れて日本に避難します。こんな時期によく来られましたね、勇気ありますね」。すると彼はこう言った。「いえ、知らなかったんです」

のけぞった。そ、そ、それはないでしょう……。日本にはテレビもインターネットもある。大人が二十人もいて、旅行会社の添乗員もいて、それはないだろう。自分が旅に出かける国が戦争していること、ロケット攻撃を受けている場所が行程に含まれていることを、来るまで誰も気づかなかったと言うのだろうか。

彼は続けてこう言った。「僕たちの観光バスがガリラヤ湖に向かっていた時、一〇〇メートルほど先にロケット弾がボンと落ちました。なんだこれはと驚いて調べたら、この国は戦争中だったんです。そういえば道路がやけに空いているなと思ってました。それでバスは回れ右して、エルサレムに連泊し、危なくないところだけ名所周りをしました」

　自分が旅する国の状況を前もって調べなかった日本人旅行者らの無頓着さ。金を払えばすべて人任せというお気軽なメンタリティが情けない。日本の国民性の問題点を目の前に突きつけられた気がした。

　戦闘員数、軍の規模、軍備の性能上では圧倒的に有利だったが、イスラエル軍はレバノンのゲリラ軍ヒズボラに負けた。イスラエル側の死者百六十五名、負傷者約六百名、レバノン・ヒズボラ側の死者約五百名、レバノンの死者約千三百名。レバノンでは多くの庶民が亡くなり、難民となった。職場の同僚はテル・アヴィヴに戻るなり、レバノンで戦死した仲間の告別式に出かけた。

　世界中のテレビニュースが、住宅であろうが、レストラン街であろうが、ありとあらゆる建物を空からめった撃ちして、罪のない一般庶民を大量虐殺するイスラエル軍の姿を映しだした。それにより各国で反ユダヤ思想が大きな波となった。居心地悪くなったアメリカやヨーロッパの裕福なユダヤ人たちは、いずれイスラエルに移住することを前提に、停戦後、テル・アヴィヴやエルサレムの土地や住居建物を買いはじめた。家賃は二倍、三倍と跳ね上がった。

　私のアパートの家賃も急に三倍になったため、やむ得ず港町ヤッフォに引っ越しした。

4　パレスチナ連帯への一歩を踏み出す

その年、二〇〇六年の秋、オリーブ摘みをしていたパレスチナの農家の娘が、手前の丘に住むユダヤ人入植者にハチの巣のように銃殺されたニュースが大きく取り上げられた。それまでも無実のパレスチナ人がユダヤ人入植者や軍に殺されたり虐められたりすることはあったが、ほとんど報道されてこなかった。少女が殺されて、「ラビによる人権保護団体」が、この時立ち上がった。

彼らはイスラエルの占領によって、オリーブの収穫をするパレスチナ農民が危機にあることを訴え、「オリーブ摘みのボランティア募集」を開始した。作業場は、入植地に対峙している、銃撃を受ける可能性のある農家だった。イスラム教徒の女性は皆、髪を隠し、くるぶしまである長いワンピースを着ている。その中に、ジーンズを履いて髪を隠していない女性や、キッパを被った若者が一緒になってオリーブを摘んでいると、入植者は後で問題にされるのが怖くて撃つことはない。イスラエル人や外国人がオリーブ摘みの作業に参加することで、パレスチナ人の命を守ることになるのだ。

それまでアラブ人が差別されたり、路上で検問を受けたりしているのを、気の毒だと思いながら通り過ぎたり、少数だがアラブ人の友人に話を聞いてイスラエル社会の理不尽さに怒ってはいたが、行動に出ることはなかった。私はパンフレットに書かれていた募集文に共感し、参加することに決めた。

金曜日の朝六時、集合場所に行くと、パレスチナの小型バスとキッパを被った青年が待っていた。バスは淡い深緑色のオリーブ畑が延々と続く山道をくねくね走り、農家に着いた。農民たちが暖かく迎えてくれた。農家のお母さんはオリーブを摘みながら、知っている限りのヘブライ語を並べて、私たちと嬉しそうにおしゃべりを楽しんでいた。

お昼になると、彼女は枯れ木で火を起こし、心をこめてお茶を入れ、七面鳥と卵でご馳走を作ってくれた。パンは炭火で温めてあった。オリーブの木の下で輪になって皆で食べた。入植者からの銃撃はなかった。私たち、非イスラム教徒の姿がモロ見えだったからだろう。作業を終えて帰るとき、お母さんは私たち一人ひとりの手を取って言った。「こんな不便なところによく来てくれた。ありがとう、ありがとう」

私がパレスチナの農民と接したのは、この時が初めてだった。気が強くて偉そうに話す人が多いイスラエルでは、人と接すたびに私は憤り、憤る度にイライラで疲れて、心がかさかさになっていたが、パレスチナでは肘を外側に突っ張って、歯を食いしばって臨まなくていい、ということに気が付いた。ホッとして心が和んだ。

イスラエルに住んで、この国は何かおかしい、とずっと感じていたその「おかしい」は何なのか、なぜおかしいのかを、見つけるための糸口に接したのはこの時だった。自分が今まで多少なりとも偏見を抱いていたこと、洗脳されていたことに気が付いたのだ。偏見や差別意識は、繰り返し聞くだけでも心の中に植わってしまうものだ。

それは昔、日本や欧米の国々が営利を貪るために行なった、植民地政策による差別意識とそっくりだ。「洗脳によって知らぬまに心に抱いていたアラブに対する偏見」に気づき、その最後のひとかけらが、この時くずれ去った。気づいてしまったからには黙っているわけにも、じっとしているわけにもいかなかった。

親友のサラは移民推進プログラムでイスラエルに二カ月間の無料旅行に参加したのがきっかけで移民したが、占領の実態を知り、左派に転向した口で、オリーブ摘みのボランティアは彼女が誘ってくれた。サラと相談して、今度は分離壁反対デモに出かけることにした。カメラを持っていなかった私たちは、飲み水と催涙ガスの臭い消しのたまねぎだけを持って出かけた。

こんな収入でどうやって生活して子供を育てろというのだ？　と疑問をもちつつ長年住み、高い税金を払い、自分の娘が教育を受け、育ち、やがて成人して家庭を持つだろうこの国が、どうしてこんなにセキュリティ、セキュリティと軍事に税金を使っているのか。壁の向こう側で軍は何を行なっているのか。自分の目で事実を確かめる時が来た。

テル・アヴィヴから車で三十分ほどの、パレスチナのヨルダン川西岸地区にビリン村という小さな村がある。村ではオリーブ、ザクロ、レモン、オレンジなど数々の果物が栽培され、村人は山羊、羊、鶏など家畜を飼って放牧をし、畑を耕して自給自足で暮らしてきた。村の収入源は主にオリーブである。

壁が出来る前、村人たちはイスラエルに出稼ぎに行っていた。景気のいいイスラエルで働いて持ち帰る給料は、村の各家庭にとって大きな収入源だった。第二次インティファーダ勃発以降、イスラエルでの就業許可は出にくくなっていたが、低賃金で労働力を得たいがために、無許可でも働かせるイスラエルの建築会社はいくらでもあった。

しかし、ビリン村の土地の半分は分離壁建設のために没収された上、テル・アヴィヴにつながっていた道路は塞がれ、厳重な検問所も設置された。許可書がなければ検問所は通過できない。軍の監視下、村人たちはイスラエル側へ働きに行けなくなり、失業した。

イスラエル政府が暴力を駆使して奪ったビリン村の土地には、「モディイン・イリット」という名の入植地が建てられた。そこには「西はナイル川から東はユーフラテス川までを神はユダの民に与えた」と信じるユダヤ教徒が家族ともども暮らしている。これは分離壁がイスラエルのセキュリティのために建設されたのではないことを明らかに証明している。イスラエルは「ユダの民をパレスチナ人から守るため」に、住宅地周辺を電気の流れるフェンスで囲い、検問所を設けてパレスチナ人の往来を規制、管理している。これをイスラエルは「セキュリティ」と呼ぶのだ。

ビリン村では、二〇〇五年から分離壁建設反対運動が始まった。毎週金曜の礼拝後、村人たち、そしてテル・アヴィヴの平和活動家やインターナショナルの活動家がモスク前から出発し、分離壁に向かって「壁反対」を叫びながら歩く。

周知のイスラエル軍戦闘部隊は壁の向こうで待ち受けていて、「デモ鎮圧」を口実に化学兵器である催涙弾、びっくり弾、ゴム弾を撃ったり、科学薬品が混合された汚染水を汚物タンクから強度の圧力で噴射してくる。兵士は軍専用門から村に侵入して、農家の庭や畑を撃ったり、民家の窓を割って催涙弾を打ち込むので、催涙弾の煙が村全域に広がる。水をかけても火が消えない化学物質が催涙弾の中に含まれていて、オリーブの木は灰になるまで燃え続け、デモの翌日も、翌々日も、村は臭う。

初めて私が参加した分離壁反対デモが、このビリン村のデモだった。ちょうどその日はデモ三周年記念日で、テル・アヴィヴから送迎用の大型バスが三台出た。

分離壁めがけて行進中、石を投げている少年たちに「石を投げないで」と言うと、隣を歩いていた見知らぬ年配のイスラエル人女性が、「あなたにも私にも、少年に石を投げるな、と言う権利はないのよ」と優しく諭してくれた。彼女の顔は覚えていないが、そう諭してくれたことに今も感謝している。確かにそうだ、私には少年に投石するなという権利などまったくない。

デモが始まり、分離壁の手前の岩の上で仁王立ちしてじっと見ていた私に、イスラエル兵が音響弾を投げつけてきた。左足に当たって、すごい音を立てた。これは、人を無思考状態に陥れる。

私は炸裂音とともに走りだした。何が何だかわからなかった。催涙弾の煙で、すでに辺りは真っ白だった。ガラスの矢が付き刺さったかのように目が痛く、涙、鼻水が溢れ出た。わけのわからないうちに走り続け、煙の薄いところに着いたと思うと、目前二〇メートル先に一列に並んだ七名の兵士が、私に銃口を向けていた。私は声にならない声で、「撃つの？」と聞いた。漏らしそうだった。兵隊が憎かった。パレスチナ人が彼らに石を投げたくなる気持ちがわかった。

その時、偶然近くにいた〝ギョウセイ〟さんという日本人僧侶が私の名を呼び、「こっちへゆっくりおいで」と声をかけてくれた。それを見ていた兵士たちは銃口を私に向けるのを止めた。私は撃たれなかった。この僧侶は毎回オレンジ色の僧侶服でデモに参加し、兵士が撃ちだすと、ぽーん、ぽーんと鼓を叩いた。兵士は鼓の音を聞くと心が正されるのか、数分間は撃つのを止めた。

残念なことにこの僧侶は、イスラエルから入国拒否を受けて来られなくなってしまった。

5　イスラエルの心ある人々

それからは分離壁反対運動に頻繁に参加するようになった。ニリン村、アル・ワラジャ村、アル・フセイン村、ヘブロンのシュワダ通り、ベイト・ウンマ村のデモにも参加した。どこのデモでもイスラエル人左派に出会った。

ニリン村で、ある日女性だけの分離壁反対デモが行われた。そこで五、六人のイスラエル人女子高生に出会った。皆、兵役拒否をして刑務所に入る予定だと教えてくれた。その一人は、今では国際的にもすっかり有名になった左派活動家のサハル・ヴァルディだ。

デモで出会うイスラエル人は、それまで知り合った、自分勝手で他人に対する思いやりに欠ける面の皮の厚いイスラエル人とは違っていた。それまでは、イスラエルが好きかと聞かれれば嫌いだと答えていたが、そうとは一概に言えなくなった。

彼らはイスラエル軍がガザを攻撃したり、無実のパレスチナ人を殺したりすると、ただちに抗議デモを計画し、実践する。イスラエルには左派団体がたくさんあるが、横のつながりがとても強く、連絡が行き交う。どの団体にも属さない私にさえ、抗議行動の知らせは必ず来るし、アラブ・イスラエリー48や東エルサレムのパレスチナ人も参加する。

抗議場所はテル・アヴィヴの国防省前だったり、ラビン広場だったり、エルサレムの首相官邸前広場だったり、エルサレム市役所前だったり、入植者の家の前だったりする。抗議はアラビア語とヘブライ語の両方で交互に叫び、左派の太鼓隊が参加すれば、太鼓のリズムで踊りながらデモをすることもある。入植者の玄関前で抗議する時は、太鼓のリズムに合わせ、天にも届くほどの大声で繰り返し叫ぶ。

「図々しい！　図々しい！　恥を知らない者たちよ、ここはパレスチナだ、占領は止めなきゃいけない、パレスチナから出て行くんだ、恥を知れ」

歌の文句はヘブライ語だから、入植者は子供でも何を言われて罵られているのかわかる。今までイスラエル人は図々しいと私はぷんぷん怒っていたけれど、イスラエル人にも、その図々しさに怒ってる人がたくさんいて、それを皆で大声で歌い叫ぶのだからスカッとする。

デモには必ず軍が弾圧にやってきて、太鼓を押収したり、カメラを潰したり、殴ったり、ゴム弾や催涙弾で殺したり、怪我させたり、捕まえて豚箱にぶち込んだりする。その時の活動家同士の連帯は素晴らしいと感嘆に値するもので、逮捕者が出ると、仲間を帰せと抗議デモを即行ない、軍相手に訴訟し、怪我人の治療費や裁判に当てる費用集めの呼びかけがあれば、積極的にカンパに協力する。

イスラエル人が西岸地区の村でボランティア活動をしたり、パレスチナ人たちの分離壁反対デモに参加したり、政府や軍に対して抗議行動をすると、自らが所属する社会から後ろ指をさされたり弾圧されたりするが、それを覚悟の上で、それぞれが良心に従って行動している。

私が働いていた多国籍翻訳会社のフランス語部門の女性がある日、他にやりたいことがあるから、と会社を辞めた。半年後、『ビリン・マイ・ラブ』（パレスチナの分離壁建設反対運動のドキュメンタリー映画）の試写会でバッタリ会った。彼女が仕事を辞めて専念したのは、イスラエルのテレビ局で働きつつドキュメント映画を製作していたシャイ・ポーラックの編集作業を手伝うためだったのだが、辞職理由には、左派活動をする彼女への会社からの嫌がらせもあったという。

試写会には二度出かけたが、どちらも大変な反響だった。エルサレムでの試写会の質疑応答では、客席の誰かが「分離壁の正当性」をまくし立てた。すると、ハイファ大学のある教授が怒り隠さずひと言発言して、席を立ち、会場から出て行った。「イスラエルはもう何年も前から軍のスケールを縮小すべきだったんだ。分離壁だって必要ない。なんで君らは政府の騙しにそう簡単に引っかかっているんだ」

土地を没収され、弾圧され、暴力を振るわれ、昼も夜も頻繁に侵攻され、催涙弾を投げつけられ、兄弟を殺され、刑務所に繋がれ、苦しみ、怒っているパレスチナ人。彼らに謝罪し、いたわり、思いやり、正義心に溢れ、自国の不正に断固として闘うイスラエル人左派は、「自分にできることをしよう」をモットーに行動している。逆境で生きながらも人としての暖かさを失わないパレスチナ人を尊敬し、彼らと連帯することに喜びを感じている。

パレスチナでの占領反対・分離壁反対デモに参加するようになって、私はイスラエル人の中にも心ある人々がいることを知った。人種差別を許さず、正義感と良心のままに行動するイスラエル人に出会った私は、少しずつこう思うようになった。

イスラエルもまだまだ捨てたもんではない。

週末ヨルダン川西岸地区で行われるデモへ赴き、催涙弾の煙を吸う。たとえ兵隊から見えないほど遠くに離れていても、風に乗って飛んでくる催涙弾のガスの威力は強力だ。化学物質が含まれており、翌日も吐き気はなかなか収まらない。イスラエル兵に撃たれるかもしれないという恐怖心もある。分離壁の建設や入植地の増設に反対し、占領に反対するイスラエル人左派やパレスチナ人との連帯関係ができつつあった私は、それまで親しかった友人とは付き合いにくくなってきた。

虐げられ、虫けらのように扱われているパレスチナ人の住む西岸地区と、経済発展を遂げた華やかなテル・アヴィヴを行き来してしばらくすると、街で楽しそうに行き交う若者の笑顔が残虐者の笑いに見えてくるようになり、イスラエル社会に憤りの念を持ちつつ、その社会に身を置き続けることで精神に亀裂が入り、気が付くと私はどうしようもなく疲れていた。体調が悪いまま翌日仕事に出かけると、一緒に働いているイスラエル人が、ゴム弾や音響弾、催涙弾を撃つ兵士とダブって見えてしまうのだ。

ある日、休憩時間に気分の悪そうな私の顔色を見て、イスラエル人の同僚が「どうしたのか」と尋ねた。いつも明るく接してくれるこの男性なら、もしかしたら話しても大丈夫かと、デモのことを話した。「昨日、分離壁反対デモで催涙ガスを吸ってから、ずっと胸がムカムカする」

するど彼は急に顔色を変えてこう言った。「そんな危険なところに行く君が悪いんだ。君に何がわかる？　催涙弾を投げられるような奴らが悪いのだ」

洗脳教育に侵されて、こんな反応しかしない人は山ほどいる。不条理なことをする国に暮らし、〝デモは危険な所＝行くほうが悪い〟と単純に結論づけるその無能さを蹴散らしたい。私は元来ノンポリだ。しかしイスラエルに住んで、この国は何かおかしい、何がおかしいんだろうと考え続けた。

6　身分証明書とは何なのか

住民が十六歳になるとＩＤカード（身分証明書）が発行されるが、これは十八歳までに取得しなければならない決まりになっている。イスラエルに住む人の身分証明書は水色、パレスチナ自治区に住む人の身分証明書は緑色。私の身分証明書は青色で、非ユダヤ人で日本のパスポートを所持しているため、市民権はないが国民健康保険や社会保障などすべてイスラエル人と同じように受けることができる。

中を開けると、身分証明番号、氏名、両親の名前、移民日、出生地、性別、宗教欄がある。結婚して苗字が変わっても、死ぬまでＩＤカードの番号は変わらない。イスラエルでは仏教や神道は哲学の一種であり、宗教という認識がないので、私の身分証明書の宗教欄には「日本」と書かれている。この宗教欄が問題だ。以前はユダヤ教、キリスト教、イスラム教、と書かれていた。その後、それは差別だ、問題だ、ということで星印が書かれるようになった。しかし、宗教名が書かれていなくても、身分証明書を開けて、星の部分を当局の機械に当てれば、その人の宗教がわかるようになっている。

そこまでしなくても名前を見れば、ユダヤかそうでないかは一目瞭然である。イツハクとあればユダヤ人、ハッサンとあればアラブ人だ。アミールやラミなど、ユダヤ人でもアラブ人でもあり得る名前もあるが、たいていは氏名によって簡単にわかる。

ユダヤ人には、色白で西洋の顔をしたアシュケナジー（ロシア・北欧系）と呼ばれる人、アラブ顔をしているスファラディ（スペインから追い出されて地中海周辺のアラブ諸国に居住していた、いわゆるアラブ系）と呼ばれる人、エチオピアのユダヤ人もいれば、北米から来たブラックアメリカンのヒィブロウ（元はアフリカに住んでいたユダヤ人が奴隷としてアメリカに連れていかれ、そのままアメリカで独自の宗教を守り続けた民族）と呼ばれる人、インド出身の肌が赤っぽい人、モンゴルや中国との境界線付近のロシアから来た東南アジア系の顔をした人、といろいろな人種がいて、ぱっと見ただけで区別できないが、身分証明書を見れば一瞬で宗教がわかるのだ。

身分証明書で宗教を見分けるのは、例えば路上や建物の入口で、身体検査や持ち物検査をするか否かを判断するためだ。言うまでもなく、パレスチナ人やアラブ人はテロリストであり得、ユダヤ人はテロリストであり得ない、と振り分けられる。

エルサレム市内にはどこにでも兵士が立っている。「こいつはアラブ人かもしれない」と目を付けると、その歩行者を止めて、身分証明書を確認する。不審者に見えなくても、アラブ人に見えるだけで呼び止め、身分証明書を提示させ宗教欄を確認して、ユダヤ人なら「はい、ありがとう」で終わり、アラブ人なら道の脇に連れて行き、身体検査して尋問する。意地の悪い兵士なら、暇だからと言う理由で呼び止めたり、検査や尋問に長時間かけることもある。

身分証明書を機械に当てて、過去の書き込みがまったくないアラブ人に出会うと彼らは非常に残念そうだ。何か書き込みがあって不審だと思えば、軍の車に乗せて警察署に連行し暴行して裁判なしで拘束する。解放時には警察に大金を支払うよう強制される。

法律で、十八歳以上は国が発行する身分証明書を常時身につけていなければならないが、警察官に身分証明書の提示を要求され、持参していない場合は罰金をとられる。東エルサレムに住むパレスチナ人は十八歳で水色の身分証明書を受け取る。十八歳以下の場合は、市役所で発行される生年月日が記録された書類を常時持ち歩く。万が一、書類を忘れて身分を証明できない場合、恐ろしいことになるのは言うまでもない。

緑色の身分証明書を持つパレスチナ人は、イスラエル側に入れない。パレスチナの病院で治療できない病気の人は特別に許可が出るが、出ないこともある。一般にパレスチナ人にエルサレムへ行くための許可が出るのは、キリスト教徒の場合、パームサンデーのみの年に一度で、イスラム教徒は、イスラム教のお祭りの時のみ時間制限つきで許可が出る。過去投石した疑いがある人や軍警察による書き込みのある人に許可はまず出ない。

私は時々、外国人違法労働者の疑いをかけられ、身分証明の確認が終わるまで道端で拘束されるが、アラブ人はもっと頻繁に軍や警察のチェックを受ける。呼び止められ、足首から太もも、金玉まで丹念に手で何度も探られる。「セクハラじゃないか!」と見ていて本当に腹が立つ。

二〇一五年の秋に勃発した民衆蜂起は、ナイフのインティファーダと言われているが、あんなにご丁寧にセクハラされて腹を立てない男はいないだろう、まして十代、二十代の若者なら、「ふざけんのもいい加減にせえよ」と兵士に襲いかかるのもごもっとも、とさえ思えてくる。暴力を肯定するわけではないが、兵士のセクハラはそれほどまでに酷い。

私の友人のアラブ人は、ある日仕事帰りに警察に呼び止められ、チェックを受けた。彼はビル建設の作業員をしている。呼び止められた際に身につけていた服はセメントで汚れていた。一人暮らしの彼は、ちゃんと栄養のあるものを食べていなかった。

汚れた服と、頬のこけたヒゲ面をみて警察官は、「お前はガザからの不法労働者ではないか」と疑い、彼を署に連行した。身分証明書が偽造ではないかと疑いをかけたのだ。六時間にわたる尋問、出身地の役所への問い合わせ、コンピュータとの記録照合等の結果、彼の身分証明書が本物であることが証明され、ようやく朝方家に帰ってよいとなった。警察からの謝罪はいっさいなかった。

車のナンバープレートにも色分けがある。青色のIDを持つ者の自家用車のナンバープレートは黄色だが、パレスチナに住み、緑のIDを持つ者の自家用車のナンバープレートは白のベースに緑文字、バスやタクシーなど公共の乗り物はバックが緑色、と遠目からもわかるように色分けされている。黄色のナンバープレートの車はパレスチナのB、C地区へ行くことが許されているが、緑のナンバープレートの車は検問所を通過させてもらえないので、イスラエルへは入れない。

西岸地区は、A、B、C地区に別れており、A地区は行政、セキュリティともにパレスチナ自治政府の管轄とされ、B地区は行政はパレスチナ自治政府が担うが、セキュリティはイスラエル軍とパレスチナ自治政府の軍の両方が担うことに書面上ではなっている。実際は、イスラエル軍警察がすべてやりたい放題に仕切る。入植地が近いという理由でパレスチナの多くの村はBまたはC地区である。

C地区は、西岸地区の中に建てられたユダヤ人専用の住宅地、農業地、工業地（入植地）及びユダヤ人専用の道路とその付近が指定されている。入植地や軍用地が隣接し、将来ユダヤ人専用地にする計画が立てられているパレスチナの土地もC地区に指定される。

キリスト教徒であろうとユダヤ教徒であろうとイスラム教徒であろうと、イスラエル国籍の人が西岸地区のA地区に入ることは軍法上違反とされている。検問所で見つかれば留置所に入れられ、裁判で処分が決まる。

西岸地区の約一割がイスラエル軍の基地及び軍の演習専用の土地に当てられ、軍閉鎖地区になっている。死海沿岸とその北部及びヨルダン渓谷付近は、ほぼ全域がC地区または軍用閉鎖地区である。

パレスチナといえる地域は、国連の地図を見ても驚くほど小さい。しかも入植地の増設や分離壁建設により、パレスチナの面積は年々小さくなっている。土地面積が減れば、耕す田畑の面積も減るし、検問所の通過に時間がかかればかかるほど、新鮮な野菜を出荷することができないので、農業による収入が減る。よって農民は農業で生きていけなくなり、仕事を探しにイスラエル側に無理をしてでも入ろうとする。

ある時、こんなニュースが流れた。「ガザから働きに来ていたパレスチナ人三人が、テル・アヴィヴの路上で警察官に呼び止められ、不法労働者として逮捕されるのがイヤで走って逃げようとしたところ、警察官は彼らをその場で撃ち殺した」。警察官は罪を問われなかった。不法労働を理由にその場で射殺されるなんておかしな話ではないか。

パレスチナにある入植地に住む人は、黄色のナンバープレートの車を持ち、水色の身分証明書を持ち、イスラエルに住んでいるのと変わらない扱いを受ける。違うのは、護身用として銃の携帯が許されていること、市民税の割引、安い家賃と低額なバス料金。物価高のイスラエルでは魅力的な特権だらけだ。しかも入植地で家を買えば、月々の返済には低い利息が約束される。単独でパレスチナ住宅地に住む入植者には護衛兵が無料で身の安全を保障する。

7　イスラエル軍と検問所

イスラエル軍基地や検問所はパレスチナのあらゆる所にあり、イスラエル軍がパレスチナの人々の行き来のみならず、経済に至るまでありとあらゆることを管理している。救急車で病院に運ばれた老婆が、検問所で軍が救急車に通行許可を出さないために、車椅子に乗り換えさせられ、やっとの思いで通過するのを見かけたこともある。陣痛が始まって病院に行く途中、検問所での検査時間が長すぎて路上で出産してしまう女性もいれば、怪我をして救急車で運ばれたが、検問所を速やかに通過できないために出血多量で亡くなってしまう人もいる。

西岸地区のあちこちに舗装の行き届いたユダヤ人専用道路がある。元あった村道は使用禁止にされ、こちらの道路はユダヤ人だけ、と通行止めにしたり、時には、その道路を横切った羊飼いのベドウィンの少年が羊と一緒に、付近の入植地に住むユダヤ人に、体中蜂の巣のようになるまで撃たれて殺されることもある。ユダヤ人は罪に問われず、警察はパレスチナ人が提出する苦情届けのファイルを埃まみれになるまで保留しておき、時間が経ちすぎたといっては捨ててしまう、といった例が後を絶たない。

エルサレムの中央バスターミナルの入口には、危険物を身につけていないかを確かめる危険物探知機がある。空港によくあるやつだ。そばに兵士が一人ずつ付いている。探知機をくぐった後で、兵士の前を通過し、荷物を機械にかける。この検査では、ユダヤ教徒でないアラブ人のみがひっかかる。

この頃はヒジャブを被らないイスラム教徒の女性が増えてきて、ファッションも共通するのでわからないこともあるが、ヒジャブを被っている女性はイスラム教徒だと簡単にわかる。ユダヤ教徒は身分証明書のチェックを受けることはまずなく、探知機をくぐり、荷物を機械に通し、通過していく。アラブ人はそれでは済まない。ユダヤ教徒でないというだけが理由なのだ。

ある冬の寒い日、私はエルサレムの中央バスターミナルの入口で検問の列に並んでいた。私の前には、ヒジャブを被った若い女性が身分証明書と学生証明書のチェックを受けていた。証明書に問題がないにもかかわらず、尋問は長々と続いた。私は後ろで尋問内容を聞いていた。並んでいた人たちは皆、この列は長くかかるだろうと見切りをつけて、隣の列に移動して行った。彼女は悠長なヘブライ語でイスラエル兵に言った。

「私は毎日ここからバスに乗って大学に通っているわ。他の人は身分証明書を見せなくても通過していくのに、なぜ私だけこうやって、しかも毎日、身分証明書と学生証明書をチェックされて、毎日何度も同じ質問を受けて、時間をつぶさなくてはならないの？　授業に間に合わなくなる。私は何も悪いことをしていないわ。イスラム教徒の服装をしているだけで、なぜこんな嫌がらせを受けなくてはならないの？」

感情がこもっていた。通常、兵士に意見するアラブ人は少ない。後でイヤな目に合うからだ。イスラエル兵の若者は目を吊り上げて怒鳴った。「黙れ！　殴られたいのか」。後ろでじっと事の成り行きを見ていた私は、口を挟んだ。「彼女の言ってることは正しいよ。これって差別じゃないの」。すると、その若きイスラエル兵は「お前も殴られたいか？」と私に殴りかかろうと腕を振り上げた。「何だお前。フィリピーノ！　黙らないとこの女と一緒にお前も連行するぞ」。

エルサレムの冬は寒い。外で長い間列に並び、私はトイレに行きたくて仕方がなかった。これ以上問題が起きて、署に連行されるといつ解放されるかわからない。お漏らししてしまいそうだった。私は黙った。「行け！」と命令され、検問を通過させられた。若い女性はそこに一人残った。何もできなかった自分が情けなく後ろめたかった。

イスラエル最大の国際空港であるベングリオン空港は、空港敷地への入口の検問所から建物まで七キロメートルある。たとえ暴走車がテロを起こそうとして検問所を突き破って走ったとしても、走行する間に時間が稼げて、空港建物に着くまでに途中で捕まえることができる、という想定のもと建てられている。

高校生になった娘が夏休みにアメリカへ一人旅に出かけることになった。出発が夜だったこともあり、皆で空港へ見送りに行った。シモンの弟が車を運転し、シモンが助手席に座り、私と娘は後部座席に座っていた。私が娘を連れて日本へ行く時は、タクシーに乗って空港に行くが、今まで空港入口で身分証明書を出せと言われたことはない。しかし兵士は前部座席の顔ぶれをみて、車を止めた。シモンは彫りの深いアラブ顔そのものだからだ。

兵士は身分証明書の提示を要求した。中を開けて、「シモン」というユダヤ人名が書かれているのを見て、身分証明書の写真と同一人物かどうかを目で確認し、初めてにっこり笑い、「ありがとう。お気をつけていってらっしゃい」と言った。「あんたたち、アラブ人の顔してるから車止められたのね。アラブ人はいつもテロリストと疑われて生きてる。この国のセキュリティシステムは差別的だね」と言うと、シモンたちは猛烈に怒った。

8　ヴァヌヌとの出会い

二〇〇六年のクリスマス、国際連帯運動ＩＳＭのヒシャムの誕生日会に出かけた。会場は、ファイサル・ホステルの居間だった。

パーティに遅れて行くのがごく普通なイスラエル社会にどっぷりつかっていた私は、一時間遅刻して到着した。ご馳走が並んだテーブルの周りで、ＩＳＭのメンバーや活動家たちがアラビア音楽に合わせ、手をひらひらさせて踊っていた。普段は酒を飲まないヒシャムも、この日は解禁だとアルコールを飲み、頬を真っ赤に火照らせ、大いに騒いでいた。ヒシャムにお祝いの言葉を述べてから、私は隅のほうへ引っ込んでパンチをすすった。

二杯目を飲んでから見渡すと、遠くの席に一人、肌の色の濃い、興味深い人相の年配の男がいるのに気が付いた。理知的な顔が印象的だった。瞳の中に光があった。私は手招きした。ただ、いい顔をしているその男と話したかっただけだ。

彼はすぐに私の隣の席に移動してきた。「こんばんは」と言ってから名前を聞くと、「俺のことを知らないのか？」と、私を凝視してから名刺をくれた。モサドに捕まったときの写真をバックに「モルデハイ・ヴァヌヌ――イスラエル核兵器の機密を暴露し、十八年間の懲役。もう自由にしてくれ」と書かれていた。びっくりして名刺の顔と目の前の顔を見比べていると、彼はにっこり笑った。笑っても輝く眼には、知性が溢れていた。

テレビをあまり観ない私は、恥ずかしいことにヴァヌヌの顔を知らなかった。近所に住んでいた人権専門弁護士のオデッドは、ヴァヌヌが釈放されたときの顧問弁護士だった。オデッドはヴァヌヌ釈放前日、私のアパートで夕食をともにしながらヴァヌヌの話をしてくれたので、名前だけは知っていた。釈放時の記者会見の動画を見ると、ヴァヌヌの右後ろにオデッドが立っている。丸坊主で色白のぽっちゃりとした青年が彼だ。

自己紹介し、ヴァヌヌと話をした。内容は細かく覚えていないが、気が付くとパーティはお開きの時間になっていた。あるいは、まだ終わっていなかったが、ヴァヌヌが帰ると言ったのかもしれない。「軍警察に睨まれてるんでしょう。宿まで送るよ」と申し出て、彼がその頃住んでいたセント・ジョージ教会まで、夜道を一緒に歩いた。

大きな眼をぐるぐる動かしながら話すヴァヌヌの一言一言には、重みがあった。「エルサレムに来たら声かけてくれ」。そう言ってヴァヌヌは教会の中庭へ消えて入った。

翌日テル・アヴィヴに戻って、仲良しのアラブ・イスラエリー48やサラに、ヴァヌヌに会ったことを話すと、「え！　ヴァヌヌに会ったの。すごいな。一緒に行けばよかった」と、うらやましがられた。

当時、私の娘はエルサレムの神学校高等部の女子寮にいた。ユダヤ教徒に改宗し、その延長線であるユダヤ教正統派の教育を受けていた娘に会うため、エルサレムとテル・アヴィヴを毎週往復していた私は、娘に会った後、ヴァヌヌに会いに行くようになった。彼には腹を割って何でも打ち明けることができたからだ。

第4章　ヴァヌヌ再び刑務所へ

1　土地を奪われ、水も奪われたパレスチナ

ある日、高校のクラスメートで、ジャイカ（ＪＩＣＡ、外務省所管の国際協力機構）に勤める友人から私のところにメールが来た。小泉首相がオルメルト首相に約束した援助プロジェクト〈平和と繁栄の回廊〉開始にあたり、受託したコンサルタントがジェリコで短期間事務所作りを担う日本人を探しているとのことだった。

ジェリコは夏は気温五〇度を超え、ぐったりするほど暑いのだが、青く澄んだ空の下で薄黄土色の禿山をこんもりと連ならせたユダ砂漠の山脈が、前世、自分はここで暮らしていたのではないかと想像を巡らせてしまうほど、なんとも心地よい郷愁を誘う町である。私は喜んで引き受け、会社から二週間の休暇を取った。

ヴァヌヌにプロジェクトのことを話すと、「おもしろそうじゃないか。パレスチナ中にツテがあるヒシャムに頼んで、信頼できる人を紹介してもらえよ。現地のことは現地にいる人に聞くのが一番だ」

ヴァヌヌが言ったとおり、当時、国際連帯運動のトレーナーをしていたヒシャムが、ジェリコ自治政府の総督や難民キャンプの顔利きにつないでくれ、さらにヨルダン渓谷で平和活動を行うファトヒを紹介してくれたので会いに行った。

ある日、アクバル・ジャバル難民キャンプに住むヒシャムの知人宅で夕食をご馳走になり、帰宅が

遅くなった。暗闇の道をホテルに向かって歩いていると、一人の少年が私を追ってきて、必死でまくし立てた。モハマッドという名の十一歳の丸顔の少年だった。

「こんなに夜遅くに道を一人で歩いていたら、イスラエル人に連れ去られるぞ。家はどこだ？　一緒に歩いてあげる」と言うのだ。パレスチナの少年にとってイスラエル人とは、夜道で人を襲う野蛮人のような恐ろしい存在であることが、彼の真剣なまなざしで察することができた。

イスラエル人はパレスチナ人をテロリストだと恐れ、パレスチナ人はイスラエル人を同じくテロリストとして恐れているわけだ。立場が変われば心情が変わるということ、これは驚くべき事実だった。私はもっと知りたいと思った。

ジェリコに滞在した二週間のうち、一日休みがあったので、ヨルダン渓谷南端のエル・オウジャ村に住むジェリコ総督の家を訪問した。彼の妻がパレスチナ地方で伝統的な家庭料理とされるマクルーバを作ってくれたので、手伝いながら作り方を教わり、食べ終わると村の見学に出かけた。

山から湧き出る泉の水は、溝を通って七キロメートル離れたオウジャ村までちょろちょろと流れていた。丘の上にユダヤ人専用のイタブ入植地が作られ、オアシスに鉄蓋がされ、イスラエルの水道会社が強力な吸引ポンプで吸水するようになるまでは、溝からあふれるほど水量が多く、斜面では滝のように勢いよく流れていたという。それが今では涸れつつあり、辺り一面、カラカラに干上がり、耕されていない土地が広がっていた。

溝の傍らにはテント暮らしをする遊牧民族ベドウィンがいた。彼らはエイン・スルタン泉から買った水を運水車で運んできてその溝に流し込み、山羊や羊に飲ませていた。

イタブ入植地には偶然、娘の同級生が住んでいて、何度かお邪魔したことがある。エルサレムからこの入植地まで、ユダヤのバスで一時間ほどで着き、乗車券はたった五百円と激安、アラブのバスを乗り継いで行けばその二、三倍の時間がかかり、料金も三倍。

敷地の周囲は他の入植地と同様、三重の鉄柵で囲まれ、そのうちの一つには高圧電流が流れている。唯一の出入口である鉄製の頑丈なゲートには常時兵士が機関銃を持って立っていて、住民またはそこで働く者以外が中に入るには、ゲートの外から兵士に声をかけて訪問先の名前を告げ、兵士がその家に電話をかけて確認するまで、ゲートは閉められたままである。

中に入るとこれまたビックリ。周囲はカラカラに枯れた砂漠なのに、鉄柵の中は、まるで楽園かと目を疑うような緑の木々と花に覆われ、夏になると入植者専用に無料公開されるプールには、溢れんばかりの水が毎秒注ぎ込まれ、プールサイドの芝生は青々としている。

この入植地に住む者はナツメヤシや野菜栽培の共同経営を行なっているが、栽培や出荷作業には、政府を通して「輸入」したタイ人の労働者、および土地を奪った相手、すなわちパレスチナ農民を低賃金で雇っている。アフリカと同じだ。あるいは、日本のアジアでの植民地政策と……。

高台から眼下に広がる砂漠を見渡しながら、同級生の母が言った言葉を思いだす。「ここから見える土地は全部私たちのものよ。政府がそう決めたの。もうすぐあのベドウィンも追放されて、ここは全部イタブ住民のものになるのよ」

インターコンチネンタル・ジェリコー・ホテルの真向かいにあるアクバル・ジャバル難民キャンプのネットカフェに毎日出かけた。そこでメールを書いたり、ニュースや調べものをしたりするのが日課だった。

カフェの従業員はモアズという名の二十二歳の若者だった。彼の英語は読み書きも会話も完璧、パソコンの扱いは、私が当時テル・アヴィヴで勤めていた会社のコンピューター・スペシャリストと同じくらいのスキルがあった。イスラエルのハイテク業界で十分にやっていける能力を持ちながら、パレスチナ人であるために未来が閉ざされ、生活に苦しまなければならない境遇にあることが残念でならなかった。

私は彼の有能さを褒めた。有能なだけでなく、情け深く、心が真っ白で、純粋なところも大いに気に入った。彼も私を気に入ってくれたようで、家に招待して家族に新しい友人だと紹介してくれた。ジェリコから戻り、テル・アヴィヴでのいつもと変わらない生活が始まって一カ月ほど経った頃、会社の日本語部門が閉鎖になった。会社からは解雇保証金が出され、国からは失業保険が下りた。それらの手続きを済ませると、私はモアズに電話をして一、二泊の予定で彼の一家を再度訪れた。

家族は気のいい人たちで、好きなだけ泊まっていけと勧めてくれた。特に当時十歳だった四男のモハマッドは人なつっこく、自転車に乗ったり、ボール蹴りをして遊んで楽しかったものだから、テル・アヴィヴに帰ろうとする私を毎朝、引きとめた。私のほうも調子に乗って、もっと泊まっていけといわれるうちに八泊もしてしまった。

イスラエル政府が「セキュリティのために」パレスチナ人から奪い取った土地が、モアズの家から車で数分のところにあった。そこは数年前まですべて農地だった。ナツメヤシを始め多種の野菜や果物を生産し、かつては海外に大量輸出して栄えた農地だったが、いまその半分がイスラエルに奪われ、空地になっていた。そこには、いつ更に土地を奪われるのかと、びくびくしながら農業に励む農民がいた。

パレスチナの農産物の輸出はイスラエル政府が管理、規制している。規格テストに合格しなければ輸出することができないが、一品種につき約十万円のテスト料金をイスラエルの農業省が徴収し、テストに合格しても輸出量に厳しい制限が付けられる。私が訪れた農家は年四十トンの収穫があるのに、二トンしか輸出許可が出されず、大量の作物がごみになってしまうと嘆いていた。

モアズはヨルダン渓谷の水源近くにも連れて行ってくれた。パレスチナの水源の多くはイスラエルに没収されている。湧き水があった所は、イスラエルの水道会社メコロットが二〇〇メートルの地下から強力な吸水パイプで一気に汲み上げるため、古い泉やパレスチナ人の五メートルから十メートルほどの浅い井戸はたいていが涸れてしまった。新しい井戸を掘るにはイスラエル政府の許可が必要だが、オスロ合意でC地区に指定されたヨルダン渓谷の住民は立退き命令を受けているため、許可どころではない。

おまけに夏の暑い時、水不足で喘ぐパレスチナの農村に、そこで採った水を、メコロットが二倍、三倍の値段で売っている。盗んだものを、盗んだ相手に、料金上乗せで売っているのである。詐欺としか言いようがない。

翌日モアズは、エイン・スルタン難民キャンプに住む、空手家のところに案内してくれた。道場を見てびっくりした。床がセメントだった。「こんな床で練習したら、毎回骨折するじゃないの」。私が骨折の痛さを想像して泣きそうな顔で聞くと、こんな返事が返ってきた。「確かに怪我はある。だけど、空手ができるだけでも僕たちは幸せなんだ」

水不足はここでもひどく、ミント入りの甘いお茶を勧めてくれた空手家の母が、こう呟いた。「夏は特に、シャワーを浴びるか床掃除をするか洗濯をするか、選ばないといけないの」

薄暗い夜道を、肩を並べて隣を歩くモアズが、こんな話をしてくれた。

「僕はアル・クッズ大学の学生だった。ある日、教頭室に呼び出されて行ってみたら、授業料の請求書を目の前に突きつけられて脅された。『シャバクに協力すれば四年間の学費を出してやる』だって。確かに僕は学費を工面するのに困ってた。シャバクはそれを事前に調べだし、弱みにつけ込もうとしたわけだ。僕はその場で断った。翌日、僕は退学処分になったよ」。

彼のそんな誠実さは、初めて会った時から、屈託のない笑顔に滲み出ていたので、驚きはしなかったが、気の毒でたまらなかった。ため息をついた。するといきなり小さな太陽が目の前に現れて、辺り一面昼間のような明るさになった。なんだ？　と思って、モアズのほうを見た。

「照明灯だよ。今ここの上空にイスラエル軍が来ている証拠だ。誰かを捜してる」。恐ろしくなって一気に走り出した私の背中に、彼は一言なげかけた。「普通に歩くんだ。走ったら怪しまれる」

以前ルームメートだったベルギー系のエイタンとは、メールや電話でのやり取りが続いていた。モアズ家に滞在中、エイタンが電話をしてきた。「アブ・ディスでアル・クッズ大学のサッカー場が分離壁の下敷きになる計画の反対を訴えるためのショート・ドキュメントを撮る。大学のサッカー選手が出演してくれるんだ。見に来いよ」と誘ってくれたのだ。私が「わかった。パレスチナ人の友人を連れて行く」と返事をすると、たいそう喜んでくれた。

撮影の休憩時間に、監督のエイタンが私とモアズにこう頼んで、金を渡した。「選手と撮影スタッフの昼食にサンドイッチと飲み物を買ってきてくれないか。君らも何か好きなもの買えよ」。車で来ていたイスラエル人のスタッフが運転して、どこでも連れて行ってくれるという。

エイタンは、地元のパレスチナ人であるモアズをあてにしたのだ。どこの店が旨いか知ってるだろうし、店員が英語もヘブライ語もわからない可能性があるからだが、モアズは期待に応え、安くて旨い店に案内してくれた。運転してきたイスラエル人は、値段の安さに腰を抜かした。

サッカー場に戻って、モアズと私が食事をみんなに配って回った。モアズは小柄で色白、笑顔を絶やさずおとなしい。彼がイスラエル人と接するのはそれが初めてだった。

昼食を受け取ったイスラエル人は、モアズがパレスチナ人だと知らず、ヘブライ語で、「トダ（ありがとう）」と言った。モアズが、「アフワン（どういたしまして）」とアラビア語で返事した。するとスタッフたちがぶっ飛んだ。びっくりしてサンドイッチを手にしたまま、口をあんぐりあけて突っ立ったままの様子に、モアズはこう言って嬉しそうに笑った。

「イスラエル人はアラブ人に対して、大声でしゃべりまくるガサツなイメージを持ってるんだ。僕がパレスチナ人だとは彼らは思ってもみなかったのさ。うふふふふ」

アル・クッズ大学のサッカー場は潰されなかった。分離壁の建設ルートは、サッカー場を避けるように変更された。当時、学生たちが中心となってサッカー場を潰すことに対して抗議活動を行なったことが大きな要因だろうが、エイタンが製作したドキュメンタリー映画も少しは効いたのかも知れない。

モアズはその後、アメリカで生まれ育ったパレスチナ難民二世の女性と結婚し、エリコのエイン・スルタン難民キャンプに居を構え、二児の父となった。今でも折にふれて連絡を取り合う。

2　アラビア語を学びながら

失業保険を受けている間に、今までしたくてもできなかった、アラビア語会話の一カ月短期講習を思い切って受けることにした。講習場所は東エルサレムのフレンチ・カルチャーセンター、週四回三時間の集中講座だった。

それまで、当時住んでいた町が離れていたので、ヴァヌヌとはなかなか会う機会はなかった。久しぶりにカフェで待ち合わせたヴァヌヌに「アラビア語を勉強することにした」と伝えると、「十六年もイスラエルに住んでいて、今までアラビア語が話せなかったこと事態おかしいよ。お前は今まで何してたんだ」と言われた。イスラエルではヘブライ語とアラビア語が公用語とされているのだから、そう言われてごもっともである。

しかし実際には、ユダヤ人社会に住むと、アラビア語はまったく必要がない。アラビア語が話せるとかえって不審がられ、時には敵視される。アラビア語はイスラエルの敵の言語だという気持ちがあり、アラビア語を勉強する人は稀である。

最近は、イスラエル人左派の間でパレスチナ人との連帯を目的にアラビア語を勉強する人が増えているが、一般には学校で簡単に習う以外、兵役で、「ワケフ（静止しろ）」「ジッブィリハウィーヤ（身分証明出せ）」「ルーフ（行け）」など命令する言葉を習うだけだ。

講習開始の前日、着替えをつめた荷物を持ってファイサル・ホステルにチェックインし、ヴァヌヌに会った。講習場の名前を伝えると、「どこにあるのか知ってるか？　すぐそこだから連れて行ってやるよ」とヴァヌヌが言って、テクテク歩きだした。ヴァヌヌに連れられて登録手続きに来た私を見て先生たちは、びっくりしていた。

ドミトリーで一泊二五シェーケル（八〇〇円）という激安のファイサル・ホステルは、男女共同で使うトイレやシャワー室や台所は汚いけれど、バックパッカーや長期滞在の活動家、フリーのジャーナリストに大人気だった。私もドミトリーに寝泊りし、講習に通った。

残念なことにこのホステルは一年後、イスラエルの物価が上がって経営危機に陥り、隣のパーム・ホステルの根性悪の宿主に買い取られて経営方針ががらっと代わり、名前は今も同じだが昔のファイサルではなくなってしまった。

私は毎週、西エルサレムの女子寮にいる娘に会いに行っていたが、たいていはホステルの宿泊客と話したり、ヴァヌヌと会ったりして、週末になるとヤッフォの自分のアパートに洗濯に戻った。アラビア語の授業は夕方からだった。時々、ヴァヌヌが宿題を見てくれた。アラビア語の数字を口頭で言えるように教えてくれたのは、彼だった。

「よく聞けよ、ヘブライ語の数字とアラビア語の数字はそっくりなんだ。ヘブライ語が話せるお前ならすぐに覚えられる。ヘブライ語の数字を一から十まで言ってごらん」。私はそのとおりにした。

次にヴァヌヌがアラビア語で数字を言う。ヘブライ語の一から十はアラビア語のそれとほぼ同じである。「今度は十一から二十まで、ヘブライ語で言ってみろ」。ヘブライ語で十一を言ったら、次はヴァヌヌがアラビア語で十一を言う。本当にそっくりだ。ヴァヌヌの説明も上手い。何度も彼の前で練習した。こうして、授業で教わる前に私はアラビア語の数字がすらすらと言えるようになっていた。

長い年月、刑務所で暮らしたヴァヌヌは、いろんな食べ物に興味があった。日本料理にも興味があった。本で読んでか人に聞いてか、日本食は旨いと知っていた。

元来ユダヤ教正統派だった彼にとって、鱗がなくて背骨のない魚介類は、モサドに捕まる前に海外で試食してみただけの、異国の食べ物だった。ある日、私はタコを買い、宿の台所で調理してヴァヌヌに食べさせた。すると、「イカの方が好きだ」と言われた。

他に何が食べてみたいのかと聞くと、天ぷらだと言う。ちょうど、料理上手のくまちゃんというあだ名の女性が泊まっていた。数日後、彼女に頼んで天ぷらを作ってもらい、日本食の夕べを開いた。

彼は旨い旨いと喜んで食べた。その時、フランス人の旅行者が質問した。「モサドに捕まったときに一緒にいた女性は誰だったの？　彼女と寝たのか」。ヴァヌヌは照れ笑いしながら答えた。「いや、寝てない。その前に捕まった。恋人にしたいと思っていたけど。誰だったんだろうね……」

人恋しかったヴァヌヌは、教会の一室から、短期間だけファイサル・ホステルのドミトリーに移り住んだ。初めはよかったが、いつも騒々しくてプライバシーのない共同生活に疲れたのか、すぐにサラフ・ディン通りにあるホテルの一室を借りて、さっさと移っていった。

秋になり、アラビア語講習を終えた私はテル・アヴィヴに戻ったが、引っ越したばかりのアパートの家主が契約違反をした。賃貸契約は一年となっていたにもかかわらず、物件相場が急上昇するのをみて、改装すればもっと高い家賃がとれると思い立った家主が、私に出て行ってくれと申し出たのだ。契約違反だと抗議しても、歯がたたなかった。

仕方なく部屋を出て、一時的避難場として、南スーダン人のアパートに割り勘で二カ月泊まったあと、中国人労働者のアパートに三万円払って四日泊まり、賃貸会社を通してワンルームの部屋を見つけた。しかしやっと見つけた部屋は、雨の日は窓の隙間や天井から雨水が吹き込んで部屋の半分が水浸しになる、とんでもない代物だった。冬だったのでたちまち私は体調を崩した。

契約した際は、「故障はすぐに直す。契約期限前に出て行きたい場合は二週間前に申し出ればよい」という約束だったが、賃貸会社が夜逃げした。百万円相当の一年分の家賃用小切手は大家が持っていた。「部屋が雨漏り水浸しの状態だ。これでは住めない。修理してくれないのだから解約する。小切手を返してくれ」と大家に申し出ると断られた。

家主は私が部屋を出た後も私の口座から家賃を引き降ろせるように手続きをしてしまったので、私は有り金をはたいて弁護士を雇い、裁判で大家を訴えた。裁判が行われるまで、かなりの年月の順番待ちは覚悟しなければならなかった。結局、裁判は三年後に開かれ、私は勝った。それまで小切手は使えなかった。

イスラエルでアパートを借りると、契約期間分の銀行小切手を大家に渡さなければならない。小切手を使用できない私は裁判待ちのあいだアパートを借りられない、という状況に陥り、しかも銀行とのやり取りと、大家を訴えるための裁判手続きに神経を使い果たして、精神的に参ってしまったこともあり、私はファイサルのドミトリーに舞い戻って長期で住むことにした。

3　友情の芽生え

イスラエル人に対する憤懣でぎすぎすしていたテル・アヴィヴ時代に比べ、旅行者の多いエルサレムの宿に移り住んで、私は精神的に救われた。

引っ越しはヴァヌヌに真っ先に打ち明けた。「アパート詐欺で小切手が使えなくなった。嘘つきのイスラエル社会に腹が立ってたまらない。テル・アヴィヴを引きあげて、こっちに住むことにした」「そうか、気の毒にな。でもこうしてここに座っていても仕方がない。散歩しよう。いい所へ連れて行ってやるよ。気晴らしになるだろう」。ヴァヌヌは早速腰を上げ、ガーデン・トンブ（英国教会の主張によれば、イエス・キリストの墓があるとされる庭）に連れて行ってくれた。

それからというもの、私はヴァヌヌについて歩き回った。サラフ・ディン通りの近くにある中華料理屋、アメリカン・コロニーの本屋、そしてシェイク・ジャラの、家屋を壊されたりユダヤ人の宗教右翼団体に略奪されたりで住む家を失くした家族が住んでいる建物の前を通り、ワディ・ジョーズの土無垢の山道や、オリーブ山のてっぺんにある教会に行った。

黙っていると彼はどこまでも歩いた。歩きだすと二時間、三時間はあっと言う間に過ぎた。オリーブ山の坂を登ってはあはあ言ってる私の横で、ヴァヌヌは涼しそうな顔をしながら登っていく。刑務所を出てから毎日プールで泳ぎ、そこらじゅうを歩きまくっているのだから、体力満々だ。

当時彼はアメリカン・コロニー・ホテルの屋外プールの無料会員だった。東エルサレムで彼は、どこに行ってもパレスチナ人から好かれ、尊敬され、優遇される。道ですれ違って声をかけ、握手をしていく中年の男性もいれば、手を振って彼に挨拶する土産物屋の親父もいる。旧市街に住む若者がダマスカス門で、隣を行くのがヴァヌヌだと気づくと膝を折り曲げ、手の甲にキスするのを見たこともある。

地図を見ながら困っている旅人を見かけると、ヴァヌヌは声をかける。困っている人が日本人に見えたら、私に言う。「おい、あの日本人は道に迷ってるぞ。声をかけてやれ」。そして行きたい所にたどり着けるように旅行者に説明する私を、少し離れたところから目を細めて嬉しそうに見守る。

当時ヴァヌヌは、西エルサレム（ユダヤ側）に行けば路上でユダヤ人たちに殺される可能性があると感じ、カヴ・ハ・テッフェル（通称：境目道路。東エルサレムと西エルサレムの境）を決して越えなかった。ヴァヌヌと飲んでいてワインがなくなると、いつも一緒に買いに出かけた。アラブ側は閉店時間が早いので、西に行かなければ買えない時もある。

その時は、ヴァヌヌが西と東の境目でじっと待っていて、私が信号を渡って買いに行く、という具合だった。彼は今はもうアルコールを口にしなくなったので残念でならない。

ある日、ヴァヌヌお気に入りのロックフェラー博物館に行った。ここはいつもほとんど人がいなくてがらんとしている。パレスチナ地方で発掘された、歴史的に重要な二十万年前の人骨など、人類が狩をして生活を営んでいた証拠品の数々がある。最近、これら人骨のいくつかは、進化論を認めないユダヤ教の教えとつじつまが合わないこと、人骨を人前に出すことがユダヤの教えで禁じられていることを理由に、ラビ協会が強制的に博物館地下に埋めさせた。

「このヘブライ語の説明を読めよ。それからこっちの英語の説明読め。この土地のことを、ヘブライ語ではエレッ・イスラエル（イスラエルの地）と表記していて、英語ではパレスティン（パレスチナ）となってるだろう。奴らはこういう細工をして人を侮ってるんだ。この土地が、まるでもともとからユダヤ人の土地であったように思わせる。でも本当はこの時期はパレスティンと呼ばれていた。ユダヤ人だけが住んでいたのではなくて、ユダヤ人も住んでいたけど他の民族もたくさん住んでいたんだ。

イスラエルは、ここをユダヤの土地だって勝手に決めて、帰還法っていう変な法律作って世界中からユダヤ人を集めてるけど、おかしな話だよ」

ヴァヌヌは解説しながら私を連れて回った。彼にすれば、いい生徒を手に入れたような気持ちだったのかも知れない。ヴァヌヌは気づかなかったことに気づかせてくれ、表現が痛烈で面白い。

ロックフェラー博物館で見てきたことを娘に話すと、「お母さん、馬鹿なこと言わないで」と叱られた。一緒に行こうと誘ってもイヤだと言う。神が天地を創造し、アダムとイブが誕生したという天地創造説を信じる娘は、私が発狂していると言う。

当時ユダヤ神学校に通っていた彼女は、進化論を信じなかった。神学校と普通の学校とでは教科書の内容ががらりと異なり、神学校では天地創造説のみを教えるが、普通の学校では旧約聖書に始まり天地創造説も、進化論も教える。ここで大きな差が出る。

ヴァヌヌも少年時代、神学校に通っていたので天地創造説を習い、授業は旧約聖書を勉強する時間が多かった。しかし彼は自ら進んで聖書以外の本もたくさん読んだ。その結果、旧約聖書だけを信じているとおかしいのではないかと考えるようになったのだ。

エルサレムでの職探しは容易ではなかった。経済・産業が発達しているテル・アヴィヴとは大違いなのである。二カ月ほど職探しをした後、知り合いのつてで西エルサレムでコーシェル寿司屋（背骨と鱗がある魚だけを扱う）の職人仕事を見つけた。

昼はユダヤ側で仕事をし、夜はアラブ側に帰るという生活が始まった。エルサレムでは、道を歩けば兵士がアラブ人を止めて、身分証明書のチェックや身体検査を行なったり、尋問したりしている。

通勤途中、アラブ人が止められて長い間足止めを食らっているのを見ると、腹わたが煮えくり返った。黙っていられない。しかし、口を挟むとえらいことになってしまう。

仕事に行けば、イスラエル人のために寿司を作り、にこやかに接待する。そんな生活を繰り返すなか、辛くなる度に私はヴァヌヌに会いに行った。

仕事の後でヴァヌヌと会う約束をしていたある日、彼が電話をかけてきて、「寿司を持って来てくれ」と言った。一度食べてみたかったという。店長は気前のよい男で、寿司の持ち帰りはOKだった。サーモンやマグロの寿司を握って持って行くと、「なかなか旨いじゃないか」と嬉しそうに食べた。「他にも特技があるよ。肩もみもできる」。食べ終わると、がちがちの肩をもんでやった。「おい、お前は寿司屋をやめて、マッサージを職にしろ。寿司よりもこっちのほうがずっといい。たくさんの人に喜ばれるぞ」と言われた。

当時、私はマッサージで食べていけると考えたことはまったくなかった。ヴァヌヌの言ったことは当たっていた。その後、私は失業する度にマッサージをして食いつないだ。エイラットで暮らした時はリゾートホテルのマッサージ屋で働いて、人に喜ばれながら食べていけた。彼が言うことはまともに聞くべきだと実感したものだ。

ヴァヌヌがまた寿司を持ってきてくれと電話してきたので、私はいつものサーモンとマグロの寿司を包んで、待ち合わせのカン・ザマン・カフェに行った。遅くまで飲みながら話し込んで、そろそろ帰ろうと外に出た。歩きながらヴァヌヌが言った。「彼女ができたんだ。だけど数日前にノルウェーに戻ってしまった」。「知ってるよ、あの金髪の人でしょ。感じいいじゃない。よかったね。覚えてるよ、一緒に歩いてる時何回かすれ違ったよね、挨拶したじゃない。あの人でしょ」

「ああ、そうそう。向こうで大学教員やってるんだ。また四カ月後に休暇取って戻って来る。でも、『それまで他の女とやるな』って言われたよ。しかし私だって男だ。誘いもある。誘惑に負けそうな時もある。四カ月も待てなんて、どうしたらいいいんだ」

ヴァヌヌに悩み事を打ち明けられたのは初めてだった。私は反論した。

「他の女に誘われても絶対にだめ。男がすたる。ポルノ雑誌でも何でも見て自分で処理したらいいのよ。誰だってそうしてるよ」。一瞬、ヴァヌヌは絶句し、驚き顔で立ち止まり、照れながら爆笑した。

「お前からそんなことを言われるとは思ってても見なかったよ」。うぶだなあと思いながら、照れて笑うヴァヌヌを見ていると、私のほうも笑いがはじけ、今度は二人で大笑いした。

友情が芽生えだしたのはこの頃だった。

ヴァヌヌとは会話がつきなかった。モロッコ料理の話から始まり、ユダヤ教徒に改宗した娘のことも、日々の出来事も、何から何まで彼に話した。打ち明けるつもりはなくても、話しているうちにいつの間にかヴァヌヌは私の悩みや心配事をかぎつけ、アドバイスしてくれる。

「お前の娘はもうシオニズムに冒されている。諦めなさい」と言われれば、「そんな簡単に言わないで。一人娘がかわいくて仕方ないし、いつか彼女がアラブを蔑視しないようになることを希望に生きてるんだから」

こう反論して、親としての気持ちをヴァヌヌが納得するまで説明し、「ユダヤのお祭りに着る新しい洋服代に娘が三万円も使ってしまった」とため息をつくと、「お前の娘はもう大きいんだ。小遣いが欲しければ、バイトしろと言ってやれ」と、アドバイスされて、なるほどとうなずいたりした。

4　ヴァヌヌが教えてくれたこと

ヴァヌヌは、勉強とは自分の足で歩いてものを見て実感、体験して学ぶものだ、と実践で教えてくれた。行動をともにし会話を重ねるうちに理解した、ヴァヌヌの信念と主張を、ここに書き起こしてみる。二〇一一年のシリア内戦が起こる前のことである。

「イスラエル人は、神に選ばれた民ではありません。イスラエル人が今までしてきたこと、し続けていることを見れば、神に選ばれるはずがないとわかります。神はすべての民を選んだのです。ユダヤ人はユダヤ人だけの国を創るためにパレスチナにやって来て、パレスチナ人に対してホロコーストを行ないました。そして、それを今も続けています。

イスラエルがパレスチナに対してホロコーストを行なっている限り、ユダヤ人がホロコースト記念館を訪問する権利はありません」

「建国以来、イスラエルはパレスチナとまともに和解しようとしていません。パレスチナの人々は、イスラエルの占領下で苦しみ、ガザは特に監獄状態になっています。しかし政府は、実際にイスラエル軍がパレスチナで何をしているのかを、国民に本当のことを知らせないで、ガザからアシュケロンにロケット弾が飛んでくる、というニュースしか報道しません。イスラエルとパレスチナの間に戦争があるのだ、自分たちは敵を相手に戦っているのだ、と国民に思い込ませ、占領と攻撃を続けています。事実を報道すれば、イスラエル人も人間だから、パレスチナに共鳴するようになるでしょう。それを避けるために、政府は国民に事実を伝えないのです。

占領がなくなれば平和がやってきます。そうすれば核兵器は必要でなくなり、ディモーナ核開発研究所も必要なくなり、アメリカだって、潜水艦、爆弾、クラスター弾を必要としなくなります」

「イスラエルは核兵器を廃絶し、占領を止め、敵対しているアラブ諸国と和平を結ぶべきです。しかしイスラエルは、アラブ諸国とも、パレスチナとも、和平を欲していません。闘いがあるからここに住んでいるユダヤ人がたくさんいるからです。戦争による金儲けだけが目的で、この国に住んでいるユダヤ人がたくさんいます。占領を終え、平和がやって来ると、多くのユダヤ人はここを去るでしょう。そうすればこの国の大多数はパレスチナ人になり、この国はユダヤ人も住むパレスチナ国家になります。ユダヤ人はパレスチナ国家に住めばいいのです。パレスチナ国家が誕生すれば、本当の民主主義国家が生まれるでしょう」

「イスラエルは民主主義国家とされていますが、この国の法律はユダヤ人優先の、差別を基準とした法律です。宗教で人を差別し、ユダヤ式民主主義を人々に押しつけています。〝セキュリティ〟を理由に他宗教の人間の権利を奪う、これも間違っています。〝セキュリティ〟のために検問所を設けて、あっちへ行ってはだめだと言い、〝セキュリティ〟のために空港で人をストップして、人々を屈辱的な目にあわせています」

「民主主義は権利の平等が基本です。地球上に住むすべての人が平等であるべきです。人は思想、言論、宗教の自由を尊重されて然るべきなのです」

「貧しくて困っている人々が世界にはたくさんいます。インド、中国、アフリカ……アフリカは実にむごい状態です。スーダン、エチオピア、タンザニア……。しかし世界のメディアはアフリカで苦しむ人々の真の姿を報道する代わりに、パレスナ・イスラエル紛争ばかり報道しています。こうして世界のメディアは人の目を、本当に見なければならないところから背けさせています。今こそ、イスラエルは占領を止め、和平を結ぶべきです。そして世界はインドやアフリカの助けを必要としている人々に関心を向けるべきです」

5　広島原爆記念日の連帯デモ

度重なる逮捕や拘留によるヴァヌヌの精神疲労は、運動で体を鍛えているとはいえ、私の眼にも明らかだった。なんとか彼の力になれないかと思索していたとき、パレスチナで国際連帯運動をしていた日本人平和活動家の志賀直輝氏が、こう提案してくれた。

「日本にもヴァヌヌ支援者がいる、彼らと連帯するのはどうか」。おかげで、積極的にヴァヌヌを支援している日本アラブ未来協会の田中博一氏と、メールを通じて知り合うことができた。田中氏はいつもヴァヌヌのことを気にかけているだけでなく、平和活動や反核デモの際、ヴァヌヌのポスターを抱えて行進している。

その田中氏が二〇〇八年の夏、パレスチナにやって来た。以前からパレスチナで子供のための連帯行動をしてきた彼の今回の渡航目的は、ヴァヌヌを励ますだけでなく、広島原爆記念日にヴァヌヌと連帯デモをすること、そしてパレスチナ・西岸地区で広島・長崎の原爆をパレスチナの子供たちに紹介しつつ、人々と交流することだった。

田中氏は地元民の協力を得て、ナブルスの公民館で原爆写真展を開き、長崎原爆記念の日には少年サッカー大会を開催して、子供たちと交流した。私は女の子たちに折り紙を教え、大人の女性にはマッサージ講習を行なった。開会式に集合した地元民を前に、田中氏は格調高いアラビア語で挨拶をした。彼の高尚なアラビア語に驚いたのは私だけでない。パレスチナ人たちも敬意を込めてじっと聞き入っていた。

広島の原爆記念デモはエルサレムで行なった。ヴァヌヌと田中氏と私は前日に集まって、どのようにするか話し合った。八月六日八時十五分に、エルサレム旧市街のダマスカス門で行うことになった。ヴァヌヌが「私が演説する」と真っ先に言った。田中氏は黙禱時に尺八を吹く、私はイスラエル兵や警官が来るかどうかを見張る、ということで話はまとまった。

当日、田中氏率いる日本人数人がダマスカス門の階段で原爆のポスターを掲げて集合していたところに、旧市街を見回り中の兵士がやってきた。法律では公衆の場での多数による集会・行動は前もって市役所に申請し、許可を取らなければならない。この時点ではまだ十人もいなかったので法律違反とは言えなかった。

兵士はダマスカス門の柵に貼り付けたポスターと私たちを見て、こう言った。「何をしているんだ。速やかにここから退去しなさい」。私は兵士に歩み寄り、市場でトマト一キロを買い叩く、そこらのイスラエル人おばさんのように、返答した。「日本人だけの小さな催しをやるのよ。すぐに終わるから放っておいてくれる」

平均して、イスラエルのおばさんは大阪のおばさんより図々しくて、勝気で、恥知らずで、口も悪いし、自分の言い分をまくし立てる。大阪で生まれ育った私の気性と、流暢なヘブライ語は、こういう時に大変役立つ。兵士は、勝気なイスラエル人おばさんのような口調を聞いて、尻尾を巻いた。「わかった、すぐだな。十五分で戻ってくるよ、それまでに終わっておいてくれ」

兵士をうまく撒いたことにほっとしていた私の目前に、ヴァヌヌが待ってましたとばかりに海外のヴァヌヌ支援者十名ほどを引き連れて、階段を勢いよく駆け降りてきた。読売新聞のエルサレム支局長も取材に来てくれた。

田中氏が尺八を吹き、黙禱が始まった。尺八が吹き終わると、ヴァヌヌが一歩前に出て、刑務所内で書いた詩「ひろしま」を朗読し、「広島原爆記念日における日本へのメッセージ」という題の演説をした。

「二十一世紀を生きる人々に、二〇〇八年広島原爆記念日の私からのメッセージです。

イスラエルの核兵器機密計画が暴露されたことにより、世界は変わりました。私がイスラエルの核兵器機密計画を世界に暴露したことにより、EU諸国、アジア諸国、南アメリカ及びアフリカなど、多くの国々が秘密裡に核兵器を生産していたことが明らかになりました。

ヨーロッパ諸国、特にイギリスでは核廃絶運動が盛んになってきました。しかし、もし第三次世界戦争が起これば、核兵器が使用される可能性があります。

一九八六年に私がイスラエルの核兵器の機密を暴露した重要な目的は、核兵器を使用しようとする人々の陰謀を世界に知らせることでした。冷戦が終わり、スパイゲームは落ち目になり、核兵器拡散に反対する運動が世界で起こりだしました。多くの国が核兵器開発を止めることを決議し、南アフリカ、ウクライナ、北朝鮮、イラン、イラク、などの国が核兵器開発を中止しましたが、いまだイスラエルだけは核兵器の開発を続けています。イスラエルの核兵器機密計画、そして何を実際に行なっているのか、イスラエルの核兵器政策はどういったものなのか、イスラエルが世界に発表する日を、私たちは今も待っています。

インターネットやサテライトが普及したことにより、いろいろな情報が溢れています。皮肉なことに間違った情報も流れます。真の敵は、間違った情報であり、核であることに言及したいと思います。皆さん、国境を越えて世界の人々が連帯し合うよう心からお願いします。私たちはスーパーパワーや国連さえをも動かす力を持っています。必要なこと、それは核の廃絶です。

核の使用は、未来を生み出しません。核の維持は、世界の敵なのです。核の廃絶を要求しましょう。これが核廃絶運動の目標です。皆さん、次回は核廃絶運動の家でお会いしましょう」

私はこの演説で、重要なことにハッと気づいた。世界を動かしているのは、全世界の人口に比べればほんの少数の権力者だ。私たちはシステムに縛られ、見えない歯車の上を歩かされている。しかし、世界の民衆が連帯すれば、少数の権力者を退ける力、動かす力を持つ可能性を秘めている。

翌年も田中氏が原爆記念行動をするためにやって来たが、ヴァヌヌは出席しなかった。それまで何度もシャバク（秘密警察）に捕まっており、国は彼をふたたび刑務所に送り込もうとしていて繰り返される裁判に、ヴァヌヌは精神を消耗しきっていたのだ。

「私は今度また刑務所に行くことになる。反核を訴えて、罰を受けるのは私だけだ。もう、どの団体にも会いたくない、ヒロシマデーにも参加しない」。こう言って、私たちの反核デモに参加しないと宣言した。田中氏も私もヴァヌヌの気持ちが痛いほどよくわかった。申し訳ない気持ちでいっぱいだった。

田中氏、友人のジョシュア、日本人の学生と私で打ち上げをすることになった。私は旧市街の魚屋でイカ、海老、黒鯛を購入し、バターとにんにくで炒めた簡単な海鮮料理を用意した。場所は、私が当時移り住んだばかりの宿屋アル・アラブの部屋だった。

ヴァヌヌは弟のメイールと一緒に来た。彼が手をあげて、「ア・サラーム・アレイクム（こんにちは）」と挨拶をしながら入って来ると、宿の親父は、「アハラン・ウァ・サハラン（ようこそ）」とは言ったが、目をむいて、腰を抜かしそうなほど驚いていた。打ち上げは短時間で切りあげた。シャバクに取り押さえられるかも知れないと焦る気持ちがあったからだ。

海外で活動するモサド（秘密諜報機関）とは別に、イスラエルにはシャバクという国内秘密警察がある。シャバクの協力者・連絡係はイスラエルだけでなくパレスチナのどの町村にもいるが、多くは協力しなければ命がないと脅迫されて仕方なく協力している。シャバクの連絡網はパレスチナ人社会に深く浸透しており、情報は漏れまくりだ。

これは序の口の例だが、知人のアラブ・イスラエリー48は、数年前まで公立中学校の歴史の教師だった。彼はイスラエルの教科書に載っていない、パレスチナの歴史を子供たちに教えようとした。周りの者は危険だと反対したが、それを押しきって村の学校でナクバ（大災厄）を教えた。まもなく彼は学校から解雇された。その後教員として受け入れてくれる学校はどこにもなく、今はタクシードライバーをしている。

こんな形で、イスラエルの秘密警察は、一般国民の思想・言動を把握しようと日々務め、気に入らなければ逮捕したり社会的制裁を与えたりするが、ことヴァヌヌに対しては、一分たりとも目を離さないほどだ。ヴァヌヌが携帯電話を持って移動すると、当局は彼が今どこにいるのかを察知する。従ってヴァヌヌは携帯電話を持ち歩かない。携帯電話を持っていなくても、彼がどこにいるのかをシャバクはサテライトで追跡しているようだが。

以前、秘密諜報機関に知り合いがいる友人に、私の名前がシャバクのブラックリストにあるかどうか調べてもらったことがある。「君の名前はあった。下のほうに。ヴァヌヌの友人で、親パレスチナ活動家に協力していることが理由だ」と告げられた。

今これを書いている時点では、私はまだ当局に直接接触されていない。パソコンのネット接続が急におかしくなり、ＩＰアドレスが確認されたというメッセージが出たり、回線が混乱するような場所にいないにもかかわらず携帯電話の接続がおかしくなって雑音が混ざることは何度かあったが、「そんなもの、放っておけ。怖がらせてるだけだから」というヴァヌヌの忠告どおり、放っておくとそのうち気にならなくなった。

彼曰く、当局が私のＩＰアドレスを確認し、電話を盗聴していたらしい。郵便が届かなかったり、小包が郵便局で開封されていたり、など小さな嫌がらせが時々あるので、私は郵便物をできるだけ受け取らないようにしている。

6　釈放後も続くヴァヌヌの闘い

ヴァヌヌは釈放後まもなく、イディオト・アハロノト社を名誉毀損で訴えた。一九九九年にこの新聞社が「ヴァヌヌが核爆弾の作り方をパレスチナ人に指導している」と嘘の記事を書いたからだ。ヴァヌヌは核の廃絶を訴えるためにイスラエルの機密を暴露したのだから、どう考えたってその記事はおかしいし、だいいちずっと独房に入れられていたのだから、その可能性も物理的にまったくあり得ない話で、そんな記事は誰も信じるはずがない。

放置しておけばいいものを、ヴァヌヌの物事をはっきりさせなければならない気性が、それを許さなかったのだ。

裁判は延々と続き、二〇一五年四月に判決が出た。ヴァヌヌの負けだった。新聞社側の弁護士は汚い手を使った。「記事内容はその情報をシャバクから入手したものだ」と証言したのである。それが嘘であっても、裁判検査官は国家秘密機関であるシャバクの調査はできない。したがって、ヴァヌヌは裁判に負け、新聞社の弁護費用百三十万円の支払請求が判決された。

大怒りのヴァヌヌは早速、裁判の判決に関する報告、そして支払い協力願いのメールを拡散した。

カンパは世界各国から集まった。おかげでヴァヌヌは支払いを完了した。

ヴァヌヌは国からの規制を守らなかった。民主主義の基本に反する行動規制は破るべきだ、というのが彼の論理であった。そんなヴァヌヌにイスラエル軍警察は付きまとい、弾圧し続けた。

主な弾圧の詳細を年月順に紹介する。

二〇〇四年十一月十一日――朝食中、シャバクにより、「機密を漏らしている疑い」で逮捕され、帰宅させてはもらえたが、七日間の外出禁止令を受ける。
同年十二月二十四日――ベツレヘムの生誕教会にクリスマスの礼拝に出かけた帰りの検問所で、「西岸地区に出かけた」容疑で捕まり、身柄拘束。弁護士の交渉により、約百二十五万円の保釈金を警察署に支払い、翌日午前二時に保釈されたが、五日間の外出禁止令を受ける。
二〇〇五年十一月十八日――東エルサレムのアル・ラムへ分離壁建設状況を見に行き、帰りに検問所で捕まり、三十二時間の拘束後、解放される。
同年――外国人と接触したこと、外国の報道関係者のインタビューに答えたこと及びパレスチナ西岸地区に行ったことで、国から再度訴えられる。
二〇〇六年――マイクロソフト社により「モルデハイ・ヴァヌヌのホットメール・アカウントが、常時イスラエル国により追跡されている」とアムネスティ・インターナショナル英国代表が発表。ヴァヌヌはホットメールの使用を止めて、ジーメールに移行した。

二〇〇七年四月十三日――ヴァヌヌが申請した「監視・弾圧し続けるイスラエルからの出国希望」に対し、裁判所は「出国禁止規制の継続・延長」を下した。

同年七月――「外国人と話をした」及び「ベツレヘムへ行った」容疑で六カ月の懲役判決を受け、控訴。

東エルサレムの地方裁判所で行われたこの裁判を私は傍聴した。顧問弁護士はミハエル・スフォードだった。知り合いは誰か、どれほど親しいのか、見極めようと私服のシャバクが冷たく嫌らしい目をぎらつかせて立っていた。

二〇〇八年十二月二十四日――アメリカン・コロニー・ホテルで「外国人と食事した」容疑により、クリスマスイブのディナー中に逮捕される。

二〇〇九年十二月二十八日――眠っているところにシャバクが突然やって来て、恋人クリスティンとともに逮捕される。クリスティンは数時間で解放されたが、ヴァヌヌは二十四時間留置所に拘束された。

ヴァヌヌは「言動・行動規制の停止、イスラエル市民権の破棄、イスラエルを出国する権利、外国人と自由に話す権利」を要求して裁判で闘ったが、最高裁判所はその申請をことごとく却下した。

再三の却下に、ヴァヌヌはこう断言した。

「ここはもともとパレスチナの土地だ。パレスチナ人から土地を奪っただけでなく、理不尽なことばかりしておいてイスラエルは民主主義国だと言う。同じように勝手な言い分で私を縛り付けるこの国に、私は断固として従わない」

ヴァヌヌは国が決めた規制に、意地でも言いなりにならなかった。彼は外国メディアのインタビューにどんどん答え、会いたいと言ってくる人のすべてと会談した。

では、なぜ彼は規制を守らなかったのだろうか。それは民主主義国家と名乗る国に対する挑戦だったのだ。しかしその結果、国はヴァヌヌを再び訴えた。最初の裁判では「懲役六カ月」という判決が下された。これに対し彼は異議を訴え、最高裁まで持ち込んだ。

顧問弁護士は、イスラエルの人権問題の最強弁護士とされるアビグドール・フェルドマンである。フェルドマンは、彼の行動は国家セキュリティを損傷するものではないと減刑を強く求めた。次の裁判では六カ月間の国民サービス（公共施設で無給労働すること）を行なう義務に減刑された。

ヴァヌヌはこう申し出た。「国民サービスはかまわないが、ユダヤ人の住む西エルサレムではやりたくない。東エルサレムでなら承諾する」

選民思想のユダヤ人に奉仕するなどイヤだったのだ。しかし裁判官は、ヴァヌヌの申し出を認めなかった。「東エルサレムには国民サービスを受け入れる公共施設などない」。実際にはあるのだが、裁判官は嘘を言ってでもヴァヌヌの申し出を拒否した。

堂々巡りの裁判が六年続いた。そしてヴァヌヌは再び刑務所に入ることになった。

7　ヴァヌヌ再び刑務所へ

刑務所に入る日の朝、ヴァヌヌはイスラエルの国営テレビ局からインタビューを受けた。同時中継だった。インタビュー場所は彼の希望どおり、旧市街のダマスカス門前だった。テレビマンが「なぜ、あなたはまた刑務所に行くのですか？」と切りだした。ヴァヌヌは湧き出る泉のように、こう述べた。

私に言動の自由が許されていないからです。私はイスラエルの核兵器に関する機密を暴露し、罰として十八年間刑務所に入れられました。苦しかったけれど、生き永らえました。罰は十分に受けました。だからイスラエルは私を自由にするべきです。それなのに、この国はまた私を刑務所に連れ戻します。

イスラエルの核兵器について言いたいことがあります。今、世界はイスラエルが核兵器を二百個所有していることを知っています。ハイドロジェン弾、ニュートロン弾を持っています。オバマもＣＩＡも皆知っています。これはもう機密ではありません。

イスラエルが抱える本当の問題は、イスラエルの機密がどうこうというのではなく、世界がイスラエルの核兵器維持を認めない、というその事実です。もしイスラエルが核兵器を維持すれば、中近東のすべての国が核兵器を欲しがるようになります。イスラエルが核兵器を開発すれば、イランも核兵器開発するのが当然でしょう。

一九八六年に私がイスラエルの核兵器開発を暴露した時、当時外務大臣だったシモン・ペレスとモサドは、私が他国の核開発に加担するかも知れないと考えました。しかし冷戦は終わり、世界は変わりました。世界は核兵器を必要としていません。アメリカ大統領のオバマは中東の核兵器所有を認めない、とはっきり言っています。ですからイスラエルが現在抱える問題は、世界がイスラエルに核兵器所有を認めないことなんです。

今、本当にイスラエルがしなければならないことは、世界がイスラエルの核兵器所有を認めないという事実を受け入れ、核兵器を廃絶し、周辺アラブ諸国と和平協定を結ぶことです。再度刑務所に行くにあたって私は詩を書きました。朗読します。

イスラエルの馬鹿なスパイたちよ、恥ずかしくないのか
本当のことを話しただけで、二十四年後の今になってもまた私を刑務所に入れようとしている
モサドやシャバク

イスラエルの馬鹿なメディア関係者たちよ、恥ずかしいと思え
自分たちを守るために必死になっているハ・アーレッツ社、イディオト・アハロノト社、マアリブ社

イスラエルのどこが民主主義だと言えるのか
恥を知れ

イスラエルの国会、ユダヤ教会よ、二〇〇〇年経ってもまだ何もわからないのか
本当のデモクラシーとは、言論の自由にある
世界のメディアよ、恥ずかしいと思え
BBC、PPC、CNN、ABC、CBS、NBC、FOX、SKY、ヘラルドトリビューン、
ニューヨーク・タイムズ、NRK、NHK、STA、WD、ZDF、フランス24、アルジャジ
ーラ、サンデー・タイムズ
僕が刑務所に戻ることに異議を示さないあなた方は言論の自由を守ることさえできない
恥ずかしくないのか

エジプト、ドバイ、サウジ、レバノン、ヨルダン、至る所にいるアラブのすべてのスパイたちよ
僕はまた投獄される
恥ずかしくないのか

アメリカの上院議会

ホワイトハウス
国連
国際原子力協会
モハマッド・エルバラディ
あなたがたは私さえ守れない

世界中の宗教者たちよ、恥ずかしいと思え
馬鹿なスパイをしているユダヤ教徒たち
キリスト教徒たち
イスラム教徒たち
大恥だと思え
二十四年経っても、まだ僕を解放することさえできない
宗教とは大嘘つきのお芝居だ

世界中の馬鹿なスパイたちよ
ＣＩＡ、ＦＢＩ、ＭＩ５、ＭＩ６
僕をまた投獄することに協力した

恥ずかしいと思え
いくら僕をこらしめても、もう何も得ることはないのに

自由になりたい
自由こそが世界平和の鍵なんだ

そしてヴァヌヌは、エルサレム最高裁判所へ出向き、裁判所前に集まった報道陣の前でもう一度堂々と自作の詩を読み上げ、刑務所の檻の中に消えていった。

ヴァヌヌが二度目の懲役を終えた翌年二〇一一年三月二十八日、イスラエル政府は新しい法律「スパイ行為及び反国家的行為の有罪者は市民権を剥奪する」を発表した。

これは、イスラエルのユダヤ化に邪魔になる、パレスチナの知識人、ジャーナリスト、活動家を国外追放するために作られた法律だが、ヴァヌヌは自分にも該当されてしかるべきだと考え、二〇一一年五月五日に「市民権剥奪願い」を、ナタニヤフ首相、エフード・バラック国防長官、エリ・イシャイ内務大臣、リーベルマン外務大臣、ネアマン法務大臣、ペレス大統領宛に送った。返事はなかった。

ヴァヌヌは諦めず、十一月十六日に再び、国際人権保障団体、ナタニヤフ首相、バラック国防大臣、エリ・イシャイ内務大臣に宛て、同じ用件の手紙を送った。イスラエル市民権の剥奪願いを申請したのはこれが初めてではない。

一九九八年にも、刑務所の中からイスラエル市民権破棄願いを申請して、却下されている。それなのになぜ、また同じ申請をしたのか。イスラエルが新たに発表した市民権剥奪の法律が、彼に適応されないとは言えないはずだからだ。

「イスラエル国内務大臣　エリ・イシャイ殿

イスラエル市民権剥奪について

私は一九八六年九月三十日にイスラエル秘密諜報部によってローマで誘拐されたモルデハイ・ヴァヌヌです。私はエルサレム地区裁判所で重大スパイ行為、反国家的利敵行為により懲役十八年の有罪判決を受けました。この判決は私がイギリスの『サンデー・タイムズ』に、極秘に進められていたイスラエルの核兵器開発事業に関するインタビューを受けたことに対するものでした。私はただ〝知る権利〟という民主主義の原則を果たしただけです。

私はアシュケロン刑務所において、十八年の刑期のほとんどを独房で終えました。

二〇〇四年四月二十一日に釈放されましたが、釈放後七年が過ぎた現在に至るまで、一九四五年発布の緊急事態法によって、イスラエル政府の厳しい監視の下におかれています。

最近、イスラエル国会において、〝スパイ行為及び反国家的行為での有罪者は市民権を剥奪する〟という新しい法律が成立しました。この法律は私に適用されるべきです。私はイスラエル市民権の剥奪を望んでいます。私のイスラエルの市民権剥奪希望は、今に始まったものではありませんが、今回発布された新しい法律により、私の希望が叶えられるものと考えます。私は国家によって、他国の市民権が得られなければイスラエルからの出国が許されないという規制により拉致状態に置かれ、常時監視の獄につながれています。現在、私は他国の市民権を持っていませんが容易に手にすることができると信じるものです。その時には間違いなくここを立ち去ることを誓います。

イスラエル国家及びイスラエル市民から受ける扱いにより、この国で私は市民として、あるいは普通の人間が持つべきとされる自由を感じたことがありません。スパイ、アトム・スパイ、裏切り者、とイスラエルの報道機関や人々に罵られ、憎悪され、国家の敵として攻撃、弾圧、迫害されています。これらすべてに終止符を打ち、良心の自由、イスラエル市民であり続けることを拒否する選択の権利を駆使したいと思います。基本的人権、自由の権利を手にしたいのです。イスラエル市民権を捨てさせてください。

この国に住みたくはありません。私はイスラエルが嫌いです。そしてイスラエルも私のことを嫌っています。ですから、私はイスラエル国から解放されることを要求いたします。私は知っていることはすべて、一九八六年にイギリスの新聞に知らせました。四半世紀もこの国に閉じこめられている私を自由にしてください」

返答はなかった。

二〇一二年五月一日、フェイスブック及びツイッターが「ヴァヌヌのアカウントをイスラエル政府機関が追跡記録している」ことを指摘した。ヴァヌヌはそれらの使用をストップした。六月六日にも、ヴァヌヌは「市民権の剥奪願」を国に対し要求したが、今度も返事は得られなかった。

第5章　ヴァヌヌに自由を

1　最初の夫シモンの死

ヴァヌヌが二度目に刑務所に入れられた二〇一〇年、私の最初の夫シモンが心臓発作で急死した。四十六歳だった。ちょうどユダヤのシャブオーット（シナイ山でモーゼが神から十戒を与えられた記念の祭）が始まる日、半ドンで仕事から戻ったシモンは、娘に「疲れたから食事まで一眠りする」と言って部屋に行き、眠ったまま息を引き取った。

お父さん子だった娘は、その頃恋人と暮らしていたが、祭を父と過ごすため実家に戻っていた。ショックはかなり大きかった。翌日、娘からシモン急死の知らせを受け、ショックのあまり私は手から携帯電話を落とした。

ユダヤ人は亡くなったその日または翌日に埋葬する。祭日に亡くなった場合は、祭日明けまで遺体保存冷凍庫に保管される。告別式の前にシモンの実家に行った。娘と言葉なく抱き合って泣いた。シモンの母は私を見て、「あんたの娘の父ちゃんが逝っちゃったよ」と言ったきり、膝に顔を埋めてすすり泣いていた。

告別式では、何年も会っていなかったシモンの親戚一同と対面した。シモンの母が泣き叫んでいた。遺体が告別式場から運び出され、霊柩車に乗せられると、私は駆けていき、荷台に乗り込んでシモンの顔を見せてくれとラビにせがんだ。死んだとはどうしても信じられなかったのだ。ラビに力ずくで霊柩車から降ろされた私を、シモンの兄ダビッドが抱きとめて言った。「死人の顔は見せられないことになっている。すまんがこらえてくれ」

埋葬が済むとその日から一週間、親子兄弟が同じ家で寝泊りする。これをヘブライ語でシバという。シバのあいだ、友人や親戚が訪れて家族を悼む。モロッコ系ユダヤのしきたりでは、シバの一週間、裂け目を入れた服を着て、シャワーは浴びず、歯も磨かずに過ごす。

私はシモンと離婚していたため、職場からシバ休暇は与えられなかった。仕事が終わるのが夜の九時だったため、私がシバに行けるのは週末しかなかった。週末、早起きしてシモンの好物だった巻き寿司を作り、タクシーに乗ってシモンの実家に行った。気が動転していたこともあり、一家がユダヤ教の教えにならい、安息日（シャバット）に火も電気も使わないのをすっかり忘れていた。

すると、シモンの弟が私の娘に言った。

「シャバット中に料理され、シャバット中に車に乗って、しかもユダヤ人でないミエコが作った寿司はユダヤ教徒が食べるべきではない。食べる前に食べていいものかどうか考える、これが人と動物の違いだ」「でもこれは私のお母さんが作ったものよ！」。娘は怒って、一人で奥の部屋に五時間も閉じこもってしまった。

私はシモンの弟と姉たちに謝罪してから、諭すように彼らに言った。「気づかなかった私が悪いのだが、あんなきつい口調で、父を亡くしたばかりの娘を叱りつけたのは良くないと思う。いくら宗教の戒律を守るための躾だと言っても、状況を考えてほしい」。姉たちは私の言い分に聞き入って、確かにそうだねと相槌を打ってくれた。

埋葬から一週間たつと、墓土の上に、故人が生前着ていた服を被せることになっている。「服はミエコが持って行って被せるのよ」。家を出る時、義姉の一人に手渡されたシモンの上着はずっしり重かった。

墓石は埋葬一カ月後に置く。それまで毎週末、親子兄弟がともにシャバットを過ごすしきたりになっているが、私も毎週末、シモンの実家で皆と寝食をともにした。皿洗いをしたりゴミ捨てに行ったりすると、姑は私にすまないね、助かるよ、と声をかけてくれた。こうして、シモンの死により、二十年ちかく疎遠になっていた親戚付き合いが復活した。

シモンの死後、私は放心していて、仕事に力が入らなかった。眠りながら涙し、眼が覚めることもあった。娘の悲しむ姿は見ていられないほど痛々しかった。

国民サービスでエルサレム市役所に勤めていた娘は、シバ休暇を一カ月もらった。しかし休暇後、職場復帰しても、昼近くになると、「毎朝仕事に行く途中、お父さんと電話で話していたのに、声を聞きたいと思っても電話できない。昼休みはいつも電話で声を聞いていたのに」と、胸張り裂けんばかりに涙して早退してくる娘の姿を見ると、やりきれず堪えられなかった。

預金のなかった私は、日本の父に電話で事情を話し、「娘を連れて日本に休暇に行きたいので飛行機代を送ってくれ」、と頼んだ。父と妹の協力を得て、私は娘を連れて一時帰国した。

2 ヴァヌヌ再釈放

日本に着いて数日後、こんなニュースをインターネットで知った。「ヴァヌヌの弟メイール、独房に入れられている兄ヴァヌヌの健康状態を危惧し、イスラエル政府に対して、『独房による体調不良』を訴える手紙を出した」

しばらくすると、釈放されたヴァヌヌから電子メールが届いた。「どうして電話に出ないんだ。刑務所から出てきたよ。今どこにいるのか、連絡してきなさい」。事情を説明し、イスラエル到着日に会う約束をした。日本ではヴァヌヌを応援する方々から、カンパとお土産を預かっていた。

イスラエルに戻った日、イカ飯やタコ煎餅、日本茶などのお土産とカンパを持って、テル・アヴィヴにいるヴァヌヌに会いに行った。日本の支援者から預かったカンパ袋に私からのカンパも入れておいた。ヴァヌヌは照れながら喜んだ。

「テル・アヴィヴの旨い店、教えてくれよ」と頼まれて、私は南テル・アヴィヴを案内して歩いた。まずはネベ・シャーナン通りにある行きつけの中華料理屋とスーダン人の店に行った。中華料理屋では「豚まんは旨いけど、店が汚くて嫌だ」とヴァヌヌが言った。

スーダン人の店は、アフリカ風アラブ料理を出す。ガレージだった広場に簡易テーブルがあちこちに並べられ、ステレオからはスーダンやエチオピアの音楽が流れてくる。私たちは食事をワンセット注文して食べた。肉と丸パン、レンズ豆のスープとサラダが出てきた。香辛料の味が独特である。周りに座っていたアフリカ人を、ヴァヌヌは興味深げに見ていた。そこでは、ヴァヌヌを知る者はおらず、落ち着いて人々を観察し、店の雰囲気を味わうことができたのだ。

それからバスに乗ってヴァヌヌのアパートに行った。大都会の中心と謳われるディゼンゴフセンターのすぐ近くに、彼は小さなアパートを借りて住んでいた。バスを降りて、電球を買うために電気屋に入ると、ヴァヌヌに気づいた店員や客がイヤーな目で、私たちを睨みつけた。「え？　あのフィリピーノ、お連れさんかよ」。道行くおじさんたちが、憎悪をむき出しにした目で、私の方を指さしていた。

国の機密を世界に知らせ、ユダヤ選民思想を否定するヴァヌヌを、イスラエル人は忌み嫌い、憎んでいる。石を投げてくる人や、いきなり殴りかかろうとする人もいる。「裏切り者！　お前なんか死んでしまえ！」。いつ襲われるかと神経がピリピリした。

翌日私はイスラエル最南端、エジプト国境とヨルダン国境と紅海に挟まれた砂漠の町・エイラットに引っ越した。元夫ヨセフ経営の日本食屋で働くことになっていた。「テル・アヴィヴに来ることがあったら連絡くれよ」。囁くヴァヌヌに手を振って、再会を誓った。

十二月（二〇一〇年）になるとヴァヌヌがメールをくれた。「クリスマスはクリスティンとそっちで過ごすよ。遠くに引っ越したミエコとクリスマスを一緒に祝おうって、クリスティンと話して決めた。いつもみたいにたくさん料理作り過ぎるなよ」。テル・アヴィヴからエイラットまでバスで五時間半もかかるのに、はるばる来てくれるとは……嬉しかった。

バスから降りてきた彼らに「ウム・ラシラシにようこそ」と言うと、ヴァヌヌは嬉しそうに笑った。

〝ウム・ラシラシ〟という名は、イスラエルによって〝エイラット〟と改名される以前の地名で、ラシラシとは、アラビア語で魚が水面で跳ねる音を言う。その昔遊牧民族のベドウィンが漁をする場所だったことから名づけられたと言われている。

クリスティンは、ヴァヌヌが名誉博士号を受けたノルウェーのトロムソ大学の教員で、ヴァヌヌは彼女の明るく利発で、人情味のあるところが気に入っていた。知り合った当初、クリスティンはヴァヌヌのことは好きだが、付き合うとなると、ただの恋愛で済まないことを考え、しばらく躊躇していた。しかし、ヴァヌヌの魅力には勝てなかったようだ。

クリスティンはその頃やっと、ヴァヌヌとの交流をイスラエル当局から承認されたが、一緒にいて警察に逮捕されないと確信を持てるようになって、まだ数カ月しか経っていなかった。

私のアパートは狭くて暗い路地にあった。角を曲がって路地に入ると、隣を歩くヴァヌヌが急に歩を緩め、体をこわばらせて緊張したのを感じた。申し訳ない気持ちでいっぱいになった。モサド（イスラエルの秘密諜報機関）が暗闇から湧き出てきた記憶が、とっさに蘇ったのだろう。口にはしないけれど、トラウマと闘っているようだった。

彼らをアパートに迎え入れ、イスラエルでは珍しい、ロシア移民専用店で仕入れたポークステーキを焼き、野菜サラダを囲んだ。クリスティンが土産に持ってきた上等の赤ワインをヴァヌヌがスパッと勢いよく開けた。楽しいひとときだった。

夜更けて、彼らの宿泊している海辺の高級リゾートホテルまで見送りがてら、ベドウィンの男友達を紹介しようと思い立ち、電話をかけた。「ヴァヌヌに会えるなんて光栄だ」。ハッサンは即行でやって来た。

彼はベドウィンと言っても、エイラットで遊牧していたのではない。ハッサンの祖父はアラビア半島出身で、季節ごとに大移動する遊牧民だった。祖父たち遊牧の民がちょうどパレスチナにいた頃、第一次中東戦争が勃発し、一族はイスラエル北部僻地に追いやられ、まもなくイスラエル国が誕生すると定住を強いられ、限られた場所でのみ遊牧する小規模ベドウィンになってしまった。それでは食っていけないので、父の世代になると、羊や山羊やらくだの多くを手放し、家畜の世話を女子供にいっさい任せ、男どもはイスラエル社会に順応して働かざるを得なくなった。

長男のハッサンは高校を卒業すると、生まれ育ったベドウィン村からエイラットに出稼ぎにやって来た。独学で英語を学び、高級リゾートホテルのウェイターとして働きはじめた彼は、金が貯まる度に海外に旅し、これまで日本を含め五十カ国でバックパックの旅をした、らくだではなく飛行機に乗って旅するベドウィンである。

母語はアラビア語とは思えないほど訛がきついベドウィン方言、ヘブライ語と英語は完璧、日本語とロシア語が少し話せる。電気技師の免許を取得したが、現在はマッサージ師訓練学校指圧クラスの助手を務めながら、中級ホテルの食堂でマネージャーをしている。

四人で海岸のカフェへ行き、海を見ながら一時間ほどおしゃべりして過ごした。ヴァヌヌは、「こんなインテリの変わったベドウィン、初めて会ったよ」と大喜びだった。

翌日寿司屋の勤務前に、クリスティンとヴァヌヌにカフェで会った。「昨日、ハッサンとカフェで口喧嘩始めたの、覚えてる？　彼が言うことすべてに反論して、あなた猛烈に怒ってたよ」。カラッと笑いながらクリスティンが教えてくれたが、覚えていなかった。酔っていたようだ。

エイラットで酒を飲むと、少量のアルコールですぐに酔う。空気が乾燥しているために、こまめに水分を摂らないと体が脱水状態になってしまうのである。

うつむいてため息つきつつ、私はヴァヌヌに白状した。

「ハッサンはいい奴だけど、女はこうあるべきだとか男はこうだとか、男尊女卑するところが私は気に入らない。インテリなのにアラブの古い慣習が根に埋まりこんでいて、時々聞き流しがたい発言をする。イスラエル国に対する異議を持ちながら、政治的意見を自由に口にできない者同士としての共通点があるから付き合ってるけど、議論や喧嘩はいつも……」

「面白かったよ、お前が彼に食いつくところ。でも彼はベドウィンなんだから、彼の人生観がお前の持つ男女平等の考えからかけ離れていても、仕方がないことなんだ」

ふてくされて三角目になってる私をヴァヌヌは、わははと笑い飛ばした。

3　エジプト革命に連帯する

「奴隷のように働かさせられるのはもうこりごりだ」。チュニジアのオイル工場で働く労働者が、大きなデモを起こした。二〇一〇年秋のことである。体制側にとっては反乱だった。武力で押さえ込もうとする政府軍の弾圧で死者や負傷者が続出したが、搾取される側の怒りの大爆発により、革命が起こった。

これは周辺アラブ諸国に希望と勇気をもたらした。僕たちエジプト人にだってできるはずだ、とネットによる連帯の呼びかけが行われ、翌二〇一一年一月二十五日、カイロのタハリール広場に集合し、民衆はエジプト革命を起こした。

ムバラク・エジプト大統領退陣というニュースが入ると、ガザ地区、西岸地区、東エルサレムに住むパレスチナ人、イスラエルに住むアラブ人みんながいっせいに、夜通しで大騒ぎして祝った。私もその画期的なニュースを観た時は、嬉しくて大声を挙げ、飛び上がって喜んだ。

タハリール広場で現地取材をしていた活動家S氏から随時入る細かな報告に、いてもたってもいられなくなっていたちょうどその頃、パレスチナでの取材を終えた写真家の高橋美香さんが私の家に泊まって、エイラットのエジプト領事館でエジプト入国ヴィザを取り、カイロに向かった。「後を追いかけるよ」と彼女の常宿の名をメモし、その翌々日、エジプトのヴィザを取り、タバ国境を徒歩で越え、カイロ行きのバスに乗り込んだ。

アメリカやイスラエルの言いなりのムバラクが大統領の座に長年どっかり居座ったままだったエジプトは、ムバラク退陣により大きく変わろうとしている、その状況を自分の眼で見たかったのだ。

バスは午後四時タバを出発し、七時間後カイロ市内のバスターミナルに到着した。そこからタハリール広場まで、カイロ大学生のパレスチナ女性と一緒にタクシーに乗った。夜の十二時だというのに、タハリール広場は大勢の人で賑わっていた。

あまりの興奮で、私はリュックを背負ったまま、屋台を覗き込んだり、あちこちに建てられた夜営テントの周りで立ち話している民衆のあいだをくねくね歩きながら、広場の雰囲気を満喫し、宿に向かった。S氏はリビア内戦取材のため、すでにリビア国境に向かっていたので、再会を果たせなかったが、美香さんには会うことができた。

翌日、撮影で大忙しの美香さんとタハリール広場で別れ、地下鉄とバスを乗り継いでギザ・ピラミッドの入口まで行った。同じ宿にいた日本人バックパッカーの男性が一緒だった。彼はピラミッド見学に行くというのでそこで別れ、私はピラミッドの外堀をゆったり流れる小さな川向こうにある村が気になり、橋を渡った。そこは八階、九階と背の高い住宅が窮屈に立ち並ぶベドウィンの村だった。

舗装されていない路地を歩いていると、親切な村人がお茶に招き入れてくれたので、お言葉に甘えることにしたら、私の喋るパレスチナ方言のアラビア語がなんとも愉快だと、昼食まで用意してくれた。家長は、「占領下のパレスチナのことはワシたちも心を痛めているんだよ、いつもテレビで様子を観てるが、本当にひどいことになってるな」と話してくれた。

屋上に上がると、眼の前の建物の屋上では鶏を飼っていた。こんな高いところで鶏は怖くないのかなと眺めていると、そのまた隣の屋上には山羊がいた。中東アラブ全域を季節ごとに大移動していたベドウィンは、国境通過が許されず、または国交がないために移動できないという困難に出くわし、定住を強いられた結果、家畜を飼う土地が不足しているのだという。

なんて不思議な光景なんだろうと思いつつ右を向くと、ギザのピラミッドが目の前にそびえ立っていた。向きを変えると、別のピラミッドが遥か遠くに見えた。あれ、何？　と家の少年に訊くと、ゆっくりと自信に溢れた眼差しで少年が言った。

「一般公開されてないピラミッドだよ、観光客はあそこに入れない。不思議な力があるんだ。ピラミッドの洞窟で、祈って夜を過ごすと超能力を授かることができる。行ってみたいかい？　君がタクシー代を払うのなら明日の夜またここにおいでよ、僕が連れて行ってあげる」

誘惑に負けそうだったが、宿に戻ってチャットでハッサンに、行ってみたいんだけどどう？　と聞くと、一人で行くのはやめておけ、俺はそんな迷信信じない、という返事が返ってきたので諦めることにし、翌日からはタハリール広場周辺のカフェや市場やコシャリ食堂や魚屋の屋台で、注文した飲み物や食べ物を待つ間、近くに座っている民衆や警察官に、革命についての反応を聞いたり、会話に乗ってくる人と話し込んだりした。みんな熱かった。

私の乏しい語学力では理解するのにかなり難はあったが、必死に話しかける私の熱意のためか、それぞれの思いを語ってくれた。

「俺たちには今まで言論の自由がなかった。こんなふうに政治に対する意見なんて公衆の面前で話せば、すぐに刑務所に入れられた。これからは違う。自由がやってきたんだ」「そうだ、俺たちは自由になったんだ」

「貧富の差は激しいし、まともに生活できないくらい労働者の賃金が低すぎる、公務員の賃金さえもだ。まだまだ問題はたくさんある、でも一歩一歩進んでいくんだ」

「そのアラビア語、どこで習ったの？」と聞かれることも度々だった。「アナ タアᐱラムト フィル クッズ、アシャーンヘイク バフキ アラビー アンミーヤ ファレスティーニ（エルサレムで習ったからパレスチナ方言しゃべるんや）」と答えると、手を打って喜ぶ人がいた。そういえば美香さんは、エジプト人のあっけらかんとした陽気なところが好きだと言ってたなあ、などと思っているうちに滞在予定の一週間はあっという間に過ぎた。

カイロから戻ってすぐのことだった。朝、けたたましく鳴り響く電話の呼び出し音に叩き起こされた。ハッサンが騒いでいた。「ミエコ大変だ、大津波が日本を襲った。テレビ観にこっちへ来いよ、早く！」。大津波が堤防を越えて、人々を、農地を、町を呑み込んでいた。テレビの前で私は愕然とした。

一方パレスチナでは、エジプト革命の影響がもろに出て、各地で占領体制に対する抗議デモがどんどん広がっていた。

五月十四日のナクバデー（一九四八年五月十四日、大災厄の日）には、イスラエル北東部シリア国境の町マジダル・シャムスで、在シリア・パレスチナ難民や、イスラエルがゴラン高原占領を続けたために身内親戚がばらばらにされたドゥルーズが、集団で国境を越え、四人がイスラエル軍の銃撃に倒れて死に至り、二十人が怪我を負った。しかし、多くは国境破りに成功し、長い年月会えなかった、イスラエル側に住む親戚や友人と抱き合う画像がテレビニュースに繰り返し映しだされた。

翌日発表されたニュースはもっとすごかった。国境破りに成功した在シリア・パレスチナ難民の若者が、バスなどを乗り継いでテル・アヴィヴ、ヤッフォまで辿り着き、彼の祖父の家の建物を拝んだ後、警察に自ら出頭したというのである。

六月五日のナクサデー（一九六七年第三次中東戦争のこの日、イスラエルの猛攻撃の前にアラブ陣営は敗退《ナクサ》した）には、シリアから千人以上のパレスチナ難民が国境に押し寄せたが、イスラエル軍が銃撃を開始したため、国境を越えて国連管理地区に侵入した数百人のうち二十三人が射殺され、百人以上が負傷した。

翌日イスラエルの『イディオト・アハロノト』新聞が伝えたところによると、シリアではイスラエル軍に射殺された人々の葬儀がダマスカスで行われ、イスラエル領内に侵入していなかったにもかかわらず、イスラエル軍が銃撃し、死者が続出した。この事態にシリア政府が何の対処もしなかったことに対する抗議デモが起こり、それはやがて内乱となった。

ナクバデーに休みが取れなかったために、職場のテレビで手に汗を握りながらニュースを観ていた私は、ナクサデーの前日から休暇をとってエルサレムに滞在し、イスラエル軍が銃撃を開始したカランディアの検問所に向かった。

閉鎖された検問所の向こう側、カランディア難民キャンプでは、激しい銃撃が繰り広げられていた。検問所の手前では各国のテレビ局取材班がカメラを回していたが、イスラエル軍による銃撃が行われている近くまで行く取材班は現地人だけだった。私は怖くなって検問所を通過せず、またバスに乗って来た道を戻った。

4　ヴァヌヌ家唯一のディナー招待者

一年間の教員休暇を取ったクリスティンがヴァヌヌと一緒に住むためにやって来たので、ヴァヌヌは広いアパートに移った。引っ越しが終わるとすぐにメールが来た。「今年のクリスマスは、こっちへ来てくれ、私の家で祝おう」。

クリスマスの日、私はテル・アヴィヴに向かった。着くとヴァヌヌのアパートに行く前に、まず親友サラのところに行き、サラとパソコンで映画を観た。

それはイスラエル人が製作したドキュメンタリー映画で、アメリカに住むユダヤ人の間で大ヒットしている『フォゴットン・リフジー（難民だった日々を忘れない）』だった。「一九五〇年代以降、エジプト、モロッコ、イラク、イエメンなどのアラブ諸国に住んでいたユダヤ人たちが迫害を受け、財産を奪われ、家を追われ、難民になった。そしてイスラエルにようやくたどり着いた」と伝えるそのドキュメントには、涙ながらに当時のことを語る老人がたくさん出演する。

映画を見終わってサラはしみじみと語った。「私たちユダヤ人は常に追われてきたの。だからユダヤ人はユダヤ人の国を持つべきなのよ」。彼女はイスラエルのパレスチナ占領に反対してはいるが、シオニストである。

私の感想は、「そもそも宗教で人を区別しなければ、このような悲劇は起こらなかったのではないのか。この土地にずっと前から住んでいたパレスチナ人を追放してイスラエル国を建国したユダヤ人がアラブ諸国から嫌われたのは当然のことではないだろうか」と、彼女とは大違いだった。

サラがヴァヌヌのクリスマス・パーティに一緒に行きたがったので、「アメリカ人の友達も一緒に連れて行っていい？　ファイサル・ホステルで一度紹介したの、覚えてない？　緑色の大きな瞳のきれいな人だよ」とメールで聞いてみると、断られた。「覚えてないな。記憶にない人は会いたくない」彼女は招待されないのを怒っていたが、私はヴァヌヌの意向を優先させた。

約束の時間に少し遅れて暖かい家の中に入るなり、こんがり焼けた豚の良い匂いが漂ってきた。リビングでヴァヌヌがモロッコ風サラダの数品をテーブルに並べているところだった。クリスティンは台所で丸焼き豚の焼け加減をチェックしていた。部屋の隅で小さなクリスマスツリーに巻きつけられた灯りがチカチカ光っていた。

席につき、いつもどおりヴァヌヌがワインを開けて、クリスマスの乾杯をした。そして、祈った。「ヴァヌヌが一日でも早く自由になれますように」。前菜に用意されたヴァヌヌ特製赤カブサラダを食べながら、私は今しがた観た映画のことを話した。

「ヴァヌヌ一家もモロッコで迫害されたの?」「いいや、迫害なんてなかったよ。私の一家は旧市街のユダヤ教徒地区で商いをして暮らしていたけど、客にはイスラム教徒がたくさんいたし、仲良くやってた。学校は旧市街の外にあったから、私は毎朝イスラム教徒の生徒と一緒に登校してたしね。その映画、なんか変だ。シオニストの企みだよ」

カサブランカ郊外の村で生まれ育った姑(シモンの母)は、モロッコでいじめられたと言っていた。いじめはあったのかも知れない。しかし、パレスチナの占領をそれで正当化するのはおかしいではないか。

すっかり忘れていて私は用意してなかったが、クリスマスプレゼントだと、二人から日本酒の小瓶をもらった。私はそれを、その晩泊めてくれたサラに献上した。戴き物を他人にプレゼントするのは失礼なことだが、彼女はヴァヌヌからの日本酒をもらって、招待してくれなかったことは許すと言った。ヴァヌヌもきっと許されて嬉しいはずだ。

年明けすぐに、クリスティンとヴァヌヌが東エルサレムに引っ越した。二度目の刑務所から釈放された二〇一〇年の夏、海で泳ぎたいことを理由にテル・アヴィヴに移り住んだヴァヌヌは、毎朝かかさず泳いでいたが、冬になり水温が一〇度くらいに下がったので泳ぐのを諦めた。しかも家から外へ出るたびに道行く人々に罵られ、時には殴られ、ひとときものんびり道を歩くことができなくて疲れきり、夢でうなされたり、クリスティンに英語で話しているつもりでヘブライ語で話しかけるようになってしまったのが、急な引越しの理由だった。

ラッキーなことに、引っ越そうと決めてすぐ、彼らは東エルサレムで感じのいいアパートを見つけた。まもなくテル・アヴィヴの人々は、突然見かけなくなった彼の消息を、あれやこれやと噂しだした。ある新聞記者は、ヴァヌヌの消息を町で訊いてまわり、そのインタビュー内容を、日によく焼けて引き締まった水着姿の彼が浜辺に立つ写真と、近所のカフェで隠し撮りしたクリスティンと彼の横顔写真とともに、ヴァヌヌ特集を掲載した。

ご丁寧にも、近所の親父がインタビューに答えていた。「以前は毎日俺の店の前を何回も通っていたのに、急にこの頃見かけなくなった。死んだのかもな」

この特集記事はヴァヌヌが見せてくれた。「海辺の写真は了解したけど、カフェの写真は撮られたことさえ気づかなかったよ。しかし私の消息だけで、よくもこんなに何ページも使ったもんだ。他にネタがないのかな」

なんやかやと忙しくしているうちに春になり、四月一日パーム・サンデーがやって来た。ちょうど私は休暇中で、日本から来た中野達彦先生とともに、エルサレム郊外の入植地に住む義姉宅に食事に出かけたり、シルワン村のブスタン、ワディ・ヒルウェ、ジャバル・ムカッベル地区を歩き回ったり、ヘブロンに行ったりしていた。

パーム・サンデーは楽しいよ、と言うヴァヌヌの誘いに乗って、私は中野先生と一緒に見物に出かけた。オリーブ山の教会から出発した行進を見学していると、ヴァヌヌとクリスティンに出会ったが、周囲にたくさん警官がいたので用心して挨拶するだけにとどめた。

パーム・サンデーはイエス・キリストが初めてエルサレムに来た時、民衆がパーム（しゅろの枝）を道に敷いて歓迎したことが由来のお祭りだ。皆、手にパームを持って、オリーブ山から出発し、旧市街まで数万人が楽器を演奏したり、歌を歌ったりしながら行進する。各教会別の吹奏楽団の行進は見事で、普段イスラエルに来ることが許可されないパレスチナ人も、キリスト教徒であれば、この日だけ検問所の通行許可が下りるので、ベツレヘム、タイベー村、ナブルス、ジィニン、ラマーラなどの各教会が参加し、これは感動に値する。

催しの後、ヴァヌヌに夕食に招待された。ワディ・ジョーズの谷間が見下ろせる窓際が私の特別席だ。席につくと、テーブルの上にドン、とカリフォルニア産の赤ワインが置かれた。「おい、これ飲め。飲めるだけ飲んでいってくれ」

「なんで？」嬉しそうに聞く私。

「さっき前を通ったキリスト教徒の店で買ったんだ。三リットル入りのお徳用ボックス二本。そんなに飲めないのになぜ買ったのかと言うと、以前この銘柄が新しく入った時にクリスティンが試しに買った。そしたら店の親父は私に気を利かせて、また仕入れたんだ、この辺りで酒飲むのは私たちだけなのに。だからまた買わずにはいられなかった。でも私はこの頃、酒を飲む気にならない。飲むと、シャバクが急にやってきた時に体がしんどい。奴らはいつやって来るか予想がつかないだろ。おい、飲みかけのボックスは次に来た時にまた飲めよ。こっちの開けてないほうはエイラットに持って帰れ」「ええ！　こんな重いもの、持って帰るの大変だからいらないよ」と私が言うと、「宿まで持っていってやるから」と引かない。「あなた以外にここに来る人はいないのよ。ここに引っ越した時に、テル・アヴィヴから荷物を運んでくれた運送屋さんが家の中まで入ったけど、荷物を床に置くと飛ぶように帰って行ったわ。あなた以外、誰もここに来ないのよ」

クリスティンも押す。引越しの時、引き受けてくれる運送会社がなかなか見つからず、ようやく見つけたのがそのアラブ人の運送屋だったらしい。ヴァヌヌはパレスチナ人に尊敬されているが、外国人と一緒にいただけで何度も逮捕されていることも、その都度、派手に報道されるテレビニュースで誰もが知っている。「同じ家にいるだけで逮捕されるかもしれないと思ったんだろうね」

ヴァヌヌはつまみにと手製のワラック・ダワリ（米とミンチ肉を混ぜ、葡萄の葉で巻いたもの）やサラダを皿に並べた。ワインをたっぷりご馳走になり、肩を組んだ彼らに宿までワインボックスを運んでもらい、翌朝エイラットに戻った。

5　姑が作ったオクラ料理

それから一カ月ほど経ったある日、娘が心配顔で私の部屋に入ってくるなりこう言った。「お祖母さんが市場に買い物に行った帰りに、バスに乗り遅れそうになって走ったら、つまづいて転んで、わき腹を地面に激しくぶつけて床に伏してるんだけど、もう何日も経つのにちっとも痛みが引かないんだって」。電話をかけてみると、姑は話すのも辛そうだった。

「病院でレントゲンを撮ったけど、骨には異常なし。医者に患部を暖めるように言われたからずっと暖めているけど、息ができない。もうだめだわ、とうとう死が迫ってきた」。私は首を傾げた。医者の処置が適していないような気がした。打ち身で痛いなら、冷やさなければいけないのではないのか。電話で話すだけではわからない。

どうしてもエルサレムの姑を見に行かなければならないからと、職場の上司に休暇願を申請したが、二日しか許可されなかった。しかも前日の夕方に突然許可が出たので、バスの予約ができなかった。仕事の帰りにチケットを買いに行くと、翌日の朝七時、九時、十時の券は全席売り切れていた。午前十一時のバスにようやく乗ってエルサレムに向かった。身動きが不自由になった姑は、東エルサレムにあるマアレ・アドゥミム入植地に住む義姉ルートの家で寝泊りしていた。

いったん西エルサレムのバスターミナルまで行って東に引き返すより、入植者用のバス停で降り、そこでパレスチナのバスに乗り換えるほうが効率がいい。ラマーラからベツレヘムに向かうバスが入植者用のバス停前を通過するので、それに乗ってアブ・ディス前で降ろしてもらった。

バスを降りて、マアレ・アドミム入植地の検問所に向かおうとした時、その手前で、野菜を道路に並べて売ってるパレスチナの親子が見えた。ぷりぷりした新鮮な野菜が、「買ってくれ」と叫んでいた。聞くと、ヘブロンで収穫されたという。青々としたオクラが旨そうだった。姑の好物だ。二キロ買った。

着いてすぐに姑を仰向けにさせ、傷を見せてもらった。わき腹の患部は青紫色のあざになって少し腫れていた。持参したアロエゼリーを患部に塗ると「痛みが和らいだ」と、起き上がってきた。二日しか休みがないため、翌日の午後五時のバスに乗ってエイラットに戻らなければならなかったが、同じ入植地に住む義兄にも会いたかったし、スーダン人に頼まれたコーラン三冊とモロヘイヤを手に入れなければならなかったし、ヴァヌヌにも会いたかった。エルサレム滞在時間は二十四時間。すべてやり遂げたかった。

ビニール袋いっぱいのオクラを見て、姑は大喜びした。早速、椅子に座って、オクラの調理法を私に教えた。まず、一つずつ頭を切って、水でよく洗い、タオルに載せて太陽で乾かす。この頭の切り方が重要で、中の種が出てこないように、ぎりぎりのところをナイフで切る。言われたとおりにやった。細かく切ったニンニクといっしょに油で炒めて、トマトソースで煮る。調味料を混ぜるのは姑。ヘブロン産のオクラは、ほくほくとうまい具合に出来上がった。

その後、義兄ダヴィッドの家まで歩いて行った。四十分かかった。この入植地は巨大で人口約四万人、ユダ砂漠の崖の上にそびえ立っている。

カサブランカ生まれのダビッドは人情厚くて私は大好き。ちょうど仕事から戻った彼の妻エバとコーヒーを飲みながら話し込んでいると日が暮れてしまったので、車で姑の待つルートの家まで送ってもらった。

翌朝起きると、姑が恥ずかしそうにそばに来て言った。「昨日買ってくれたオクラ、おいしかったね。もっと欲しいわ」。彼女はおいしいものを娘、息子、孫に食べさせてあげたい性質である。「いいよ、買って来る」「え、本当に？　どうやって行くの？」心配そうに聞く。「大丈夫。自転車で行ってくる」「小さいのを二キロ買ってきて」

第二次インティファーダ以来、ユダヤ人はパレスチナの村に近づかない。入植地からパレスチナの村に行ってくれるタクシーなど存在しない。時間はないし、外は太陽が容赦なく照りつける砂漠地帯。徒歩で行くのは気乗りしない。十歳になる甥の自転車は私には小さすぎたが、私はこれをこいで坂を上り、検問所を通過した。気温は四十度。汗が眼に沁みた。兵士が、子供用の自転車で猛スピードで通過していく私を不思議そうに見ていた。

入植地専用路から少しはずれると、すぐに砂と石だらけのガタガタ道になる。野菜を載せた車は、昨日あった所になかった。反対側の道路でジュースを売っている少年に、いつ八百屋が来るのか訪ねると「たぶんあと一時間くらい」と言う。パレスチナの一時間は、五時間になることも二十四時間になることも普通にある。ヘブロンから来る野菜の車は、途中多くの検問所を通過しなければならないから、どこで何時間足止めを食うか知れない。

この熱風のなか、確実でないのに待つくらいなら、アザリア村の八百屋まで走ったほうがいい。

私は自転車をこいでアザリアへ向かった。かんかん照りのなか、汗にまみれながら子供用の自転車をこぐ私を、村の人々は目を丸くして見ていた。二十分ほど走ると八百屋に到着した。

店には大きな袋に小さいオクラと大きいオクラが一緒に入っていた。「すみません。小さいのだけ二キロ欲しいんです」。店の親父にお願いした。「どうして?」「七十四歳の姑が小さいのだけ買って来いと言いました。私は彼女の欲しいものを買いたいのです」。汗が沁みて目が開けられないのをシャツの先っちょで拭きながら、はあはあと肩で息をする私を見て、店の親父はうなずいた。ちょうど店に手伝いに来ていた息子と老父も動員して、いっせいに選りだし、十分ほどで小さいオクラだけの二キロの袋が出来上がった。

自転車の取っ手に二キロのオクラをぶら下げて、もと来た道を自転車で戻った。村を出たところに来ているはずの野菜の車はまだ来ていなかった。ジュース売りの少年は自転車の取っ手にぶら下がっているオクラを見て、ぴゅーと口笛を鳴らし、手でグッドの合図をくれた。検問所の兵士は汗だくで自転車をこぐ私の真っ赤な横顔とオクラを見るだけで、チェックはなかった。

戻ると、姑が私を怒鳴った。「遅かったね、アザリア村まで行ったんでしょう、危ないのに。しかも自転車で、暑いのに!」私が理由を説明すると、「そうか、昨日の車が来てなかったのか、すまなかったね、ありがとう」。何度も感謝の言葉を口にした。

ユダヤ人は一般的にアラブ人は凶暴で危ないと考えている。西岸地区に行くと言うと、殺されたいのかと私に聞く。多くの人々が洗脳されていることに気づかないのだ。

赤ん坊の時によく抱っこしてあげた甥のアリエルは兵役中で、陸軍戦闘部隊にいた。ルートの家のベランダでお茶を飲んでいると、ちょうど休みをもらって基地から戻ったばかりのアリエルが、パレスチナでのデモ鎮圧任務の話を始めた。催涙弾をバンバンぶっ飛ばしてやった、と彼が得意になって話していた相手は、二年後に兵役をひかえる彼の従兄弟だった。シモンの親族はみな右派である。

ふだんは、政治のことで喧嘩にならないように気をつけているが、兵役中の甥や姪には、自分が左派であることを隠さず話すべきだと私は思う。「私は占領反対や分離壁反対デモによく行くわ。いつか会うかもしれないわね、フェンスの反対側で。あなたがバンバンぶっ飛ばす相手の中に、私もいるかも知れないね」。甥は目を見開き、口をパクパクさせた。

彼にすれば、パレスチナ人側に立つイスラエル人はわけのわからない野郎ばかりで、とんでもないお化けなのだ。そこに、彼にとって気心知れたおばさんがいるという絵図は、頭の中でどのように描かれたのだろうか。

シャワーをしてエイラットに帰る支度をしながら、姑にねだり声で聞いた。「バスの中で食べたいから、オクラをちょっとタッパに入れて持っていっていい？」。嘘をついた。ヴァヌヌにおすそ分けしたかったのだ。姑はカサブランカ出身、アラブの女である。食べ物にけちけちしない。調理済みのオクラを冷蔵庫から取り出し、タッパに入れて、プラスチックのスプーンもつけてくれた。ルートが検問所手前のユダヤ人用のバス停まで車で送ってくれた。

ユダヤ人用のバスは、東エルサレムをぐるっと迂回して西エルサレムに直行するが、アラブバスは旧市街のダマスカス門前に行く。旧市街の近くでヴァヌヌと会う約束をしていた私は、義姉の車が行ってしまってから、検問所を通過し、アラブのバスに乗った。

分離壁が出来るまでは、アラブバスでアザリア村を通り抜ければ、エルサレム旧市街まで十分ほどだったが、今は迂回してアズマの検問所を通過しなければならないので、四、五十分かかる。

ちなみに、ユダヤのバスは検問所をすんなり通過するが、アラブバスはいったん停止して、乗客を全員降ろす。乗客は銃を掲げた兵士の前に順列に並んでIDチェックを受け、全員乗り込むとまたバスは走りだす。緑のID（身分証明書）の持ち主（パレスチナ自治区に住む人）は許可書を点検されるが、中には通してもらえずに、高速道路をとぼとぼ引き返す者もいた。

6　息子――娘の異母兄現われる

ラマダンが近づいていた。同じ職場で働くスーダン人は皆イスラム教徒である。彼らには前々から「エルサレムに行くならコーランを手に入れてきて欲しい」と頼まれていた。徒歩でエジプトから国境を渡って来たスーダンの難民たちは大切なコーランを途中でなくしてしまったり、持って来ることができなかった人がほとんどである。彼らのために、ラマダンが始まる前にどうしても手に入れたかった。

バスの中でヴァヌヌに電話した。約束の時間より少し早かった。予定ではカフェで会うことになっていた。「ヴァヌヌ、手伝って欲しいことがある。もうすぐ旧市街に着くから、着いたら説明するよ」

「わかった。ヘロッズ門前で降りろよ。降車場で待ってるから」

バスを降りるとサラハディン通りをしゃきしゃき歩いてくるヴァヌヌの頭が見えた。私が早口でスーダン人のコーランの件をまくし立てると、ヴァヌヌはすぐ歩きだした。女の私はモスクに入ることができない。コーランを三冊も、どこで手に入れられるのかわからなかった。

エイラット行きの最終便に乗らなければ翌朝の仕事に間に合わない。ダマスカス門から西エルサレムの中央バスターミナルまで、路面電車に乗っている時間が約十二分、バスターミナルの建物に入るための荷物検査に約十分、電車を待つ時間を合わせると三十分は要る。二時間弱の間にコーラン三冊を手に入れ、スーダン人五人とベドウィン三人と自分への土産にモロヘイヤを買って、バスターミナルに向かわなければならない。ヴァヌヌならなんとかするだろうと心の中で計算し、私は運にまかせることにした。

まず近くのモスクに行った。女はモスクに入れない。私は外で待った。ヴァヌヌが中に入って、コーランが欲しいとシェイフ（長老）に頼んだ。「ヴァヌヌさん、あなたはとうとうイスラム教に改宗する気になったのですね、それは素晴らしい。しかしモスクではコーランを配給していないのですよ」。次にヴァヌヌは、行きつけの八百屋に行って聞いた。「どこでコーランが手に入るんだ？」「文化本屋だよ」。教えられたとおり、路地を入って文化本屋に行った。三冊買った。喜ぶスーダン人の顔を想像した。ヴァヌヌは一緒になって喜んでくれた。

カフェに向かって歩きながら、私はヴァヌヌに話したかったことを切りだした。「息子が出来たの」「ええ？　どういう意味？」と不審顔のヴァヌヌが言った

「元旦那が亡くなる前に、三カ月年上の腹違いのお兄さんがいるって言ってたのを娘が思い出したのよ。それを娘は私にずっと黙ってた。旦那は息子に会ったことがなくて、会いたくても会わせてもらえず死んでしまったけど、娘は父親が死んで、ラビ協会に捜索願いを出した。ラビ協会のユダヤ出生記録通帳には父親の名前と出生地が記録されてるでしょう。

そのお兄さんの母親は、私の元旦那と日本に来て、京都に住んでた。私は旦那と知り合う以前に彼女と知り合っていて、近所だったからよく会ってた。彼らが喧嘩別れしてから私が旦那とくっついて、結婚した。

私は彼女のお腹にいる子が旦那の子だとは知らなかったのよ。彼女は一人でタイに飛んで息子を生んだ。それからエルサレムに戻って宗教者になり再婚した。だから、お兄さんの出生地はバンコクになってる。ラビ協会で探す時に、それがネックになったけど、見つかったって知らせが先月、娘のところに来た。

娘がフェイスブックでその子を探すと、共通の友人がいることがわかった。娘はその友人の誕生日パーティにその子が来るのか聞いた。そしたら来るって。それで娘は会いに行った。

パーティ会場は町のパブだった。娘は一張羅のドレスを着ておめかしして出かけて、『二人だけで話したいことがあるので、ちょっと外に来てくれますか』って言って彼を連れだし、『あなたは私のお兄さんです』って言ったの。彼はびっくりしてたって。

彼も実は、腹違いの妹がいるってことだけは、親戚の誰かから聞いて知ってた。その妹が日本人とのハーフだってことも。彼も探そうとしたけれど、お父さんの名前がシモンだってことしか知らないから、見つけようがなかった。それで諦めてた。

彼のお母さんは十二年前に亡くなってた。彼はお母さんの再婚相手に育てられたらしい。義理のお父さんに負担をかけたくなくて、十二歳の時からバイトして自分でお小遣いを稼いでたって。十八歳で国民サービスに一年半行って、それから入隊した。だからもう二十一歳過ぎてるのに、兵役があと一年半も残ってる。パラシュート部隊に所属してるよ。今はレバノン国境の基地にいて、レバノンとイスラエルの間を行ったり来たりしてる。

先週、その義理の息子が休みをとって、私に会いに来てくれた。アパートが狭いから彼はエイラットの兵士用宿舎に泊まって、昼は娘と海に行って、夜はご馳走をいっぱい作って三人で食べた。夜、三人でバーに行ってビールを飲んだ。感動したわ。青い目で、色白。明るくてすごくいい子。かわいくって仕方がない。

軍隊のことといろいろ聞いちゃった。『お母さんは左派で、聞いたことを何でも書いて日本に送るから気をつけて』と横から娘に言われて、彼はあまり話してくれなかったけど、軍用機から空中に飛びだして地面に着陸するまでの経過をちょっと教えてくれた。空に飛びだす時に、鳥になった気持ちになれるとか、着陸する時は体を丸めてから逆立ちの格好したり回転したりしながら着陸するとか、前部のパラシュート開けて、もし故障していても後ろの補助傘があるから大丈夫とか、どうでもいいことだけ教えてくれたよ。

娘はお兄さんを発見してからと言うもの、毎日電話かけて、楽しそうに話し込んで目を輝かせて喜んでる。娘はエルサレムに戻って、お兄さんと頻繁に会えるようにするって決めたよ。お父さんが死んで落ち込んでいた娘が急に明るくなって、喜ぶ姿を見て、私は幸せ。神の救いを感じる。すごい話でしょう」

「すごい話だ。映画みたいだ。クリスティンにもぜひとも話してやらないと」。ヴァヌヌは大きな目を丸くしていた。

カフェにクリスティンが息を切らせてやってきた。私は挨拶のキスをして、オクラをかばんから出した。ヴァヌヌは手製の旨い料理に目がない。ヴァヌヌはオクラを何も言わずにもくもくと食べる。見る間にオクラはなくなった。「おいしいでしょう。姑はオクラ料理が得意なの。モロッコの味する?」「うん。旨いよ。モロッコ風の味がするよ」。本当は、オクラ料理はモロッコにはないが、いいではないか。

「ところで質問があるの。今イスラエル人の作家のヨエル・コーヘンがあなたのことを書いた本を読んでるけど、あの本ではロンドンで知り合った金髪女性と一緒にローマの部屋で捕まったって書いてあるけど、ピーター・ホーナンが書いた『ウーマン・フローム・モサド』ではローマ空港に飛行機が着陸した時に捕まったって書かれてる。どっちが本当なの?」

「ローマの部屋だよ。空港じゃない。それに『ウーマン・フローム・モサド』に載ってる女の写真は偽者だ。別人だ。そのうち、もっと教えてやるよ」。カフェの客をさっと眼で観察してから、私に言った。「俺のことを本に書け、日本語で。いいか、イスラエルの核工場の煙は溜めておいて、一気に吐き出すようになってるんだ。研究所ではずっと風向きを調べている。風がヨルダンに向かって吹いたら、一気に煙を吐き出すんだ」

なんともイスラエルがやりそうなことである。ここまで聞いて、時間切れになった。彼にはまだ言いたいことがたくさんある。イスラエルにいるうちは何も書きたくないというヴァヌヌの記憶を、私が日本語で書くことになった。

次回会ったら、核のゴミがどうなっているのか聞いてみよう。ネットでは研究所の地下に埋まっていることになっている。こんな話は電話やメールでは絶対に聞けない。カフェで一緒にいる時にはメモは絶対取らない。近くに人が座ったら、こんな会話は即刻止めだ。私は小心だ、ヴァヌヌのような根性はない。

席を立つ前、ヴァヌヌが提案した。「一緒にまた広島原爆記念日に反核デモをしよう」「人と会ったり、反核運動するのはもう止めたんじゃなかったの?」

ヴァヌヌは光る瞳をまっすぐ私に向けて言った。「いや、刑務所にまた入れられて、その後テル・アヴィヴに住んでた時はおかしくなってたんだ。すごく疲れてた。でも、東エルサレムに戻ってきて、回復してきた。力が沸いてきた。日本の反核運動の様子をユーチューブでたくさん見たよ。日本国民もようやく目覚めてきたようだ。だからやろう。今からでも遅くない。福島を見た限り、黙っているわけにはいかない。日本の反核運動に連帯して、核廃絶を呼びかけよう」

横で話を聞いていたクリスティンは、心配そうにこう言った。「ねえミスター。私はイスラエル政府との約束（ヴァヌヌに科せられた規制のこと）があるから参加しないわ。あなたは怒らないわよね」。ヴァヌヌはもちろんそんなことで怒るような器ではない。「君の好きなようにすればいいよ」

二人に見送られて、路面電車に飛び乗った。ヴァヌヌの声が耳にこだましていた。「おい、暑いところに住んで、だれてるんじゃないぞ」

エイラットに戻って数日後、ヴァヌヌからメールが来た。「スーダン人へのコーラン探しに誘ってくれてありがとう。一緒に行けてよかった」

7　二〇一一年八月六日、再びの連帯デモ

広島原爆記念日の前日、昼過ぎに東エルサレムに到着し、旧市街のいつもの宿に荷物を降ろし、文房具屋で大きな白い紙を買った。宿屋のおじさんに「ラーリルマジッドミーン（ノーモアのアラビア語）ヒロシマ」「ラーリルマジッドミーン・フクシマ」を達筆で書いてもらった。その下には日本語で大きく「脱原発」と自分で書いた。

ドミトリーの部屋には日本人のバックパッカーの女の子が四人いて、嘆きの壁や聖墳墓教会への行き方を聞かれた。私は一時間だけ彼女たちを案内することにした。ヴァヌヌに電話すると、「今エルサレムホテルのカフェにいるから来いよ」と言う。「いや、同じ宿の日本人に旧市街を案内したいから、

今はだめ。夕食時はどう?」と聞くと、「ああいいよ。じゃ、クリスティンと相談してまた後で電話するよ」ときた。夕方七時にダマスカス門でヴァヌヌとクリスティンに会い、一緒にイスラム教徒のアル・ファトゥール（ラマダン終了時の食事）を買って食べることになった。

隣に日本人のバックパッカーが座っていた。彼らはバーン（ラマダン終了音）が鳴る前に食べはじめ、バーンが鳴って皆が食べはじめる頃には食べ終わっていた。

ヴァヌヌが食堂で買ってきた鶏肉飯やケバブは量が多く、残ってしまった。「おい、ミエコ、そこに座ってる日本人に明日の朝のヒロシマデーのこと話せよ。彼らに来てもらえ。これもついでに食べてもらおう。若いからきっとまだ食べられるよ」。ヴァヌヌの提案はいつも最高。「残り物なんですが、これ食べませんか」とヒロシマデーのお誘いとともに渡した。彼らは気を悪くせずに残り物を食べてくれ、しかもヒロシマデーにも来てくれると言う。

食べながら私はヴァヌヌに聞いた。「ディモーナ核開発研究所のゴミはどこに捨てているの?」「研究所の敷地内の地下だよ。地面を掘って埋めているんだ。ネットにもそう書いてあるよ。ディモーナのことで、僕が話したことはもう機密じゃない。ネットでは嘘も書かれている。核のゴミは安全な形で埋めてあると言ってるけど、核に安全などない。核のごみは何万年も残るんだ。人も地球も破壊する」

三十年前に核の危険性を訴えた彼の言葉に、世界中の人々が真剣に耳を傾けていたならば、多くの悲劇が生まれずに済んだだろうに……。

八月六日朝八時過ぎにダマスカス門に行くと、兵士が二人階段の下に座っていた。私は緊張した。絶対に捕まりたくなかった。しかし、彼らはヴァヌヌの顔を知らないようで、デモにやって来た日本人の女の子二人と写真撮影していたので安堵した。

参加してくれたのは、アル・クッズ大学のアラビア語教授シュクリ・アベッド氏、スカンジナビアの学生、私と同宿の日本人と、前夜残り物を食べてくれた日本人だった。

ヴァヌヌは本当に肝のすわった男である。近くに兵隊が二人いるのに、まったく気にせず「おう、始めるぞ」と声をかけ、北欧の学生に「おい、君、私のカメラを持って、そっちに立って撮影してくれ」と指示した。その言い方がまるで自分の教え子に指示するかのようで愉快な気持ちになり、笑ってしまった。

学生は「わかりました。はい、僕、撮ります」と硬くなりながら返事した。ヴァヌヌは日本へ向けたメッセージをダマスカス門で読み上げた。撮影されたものを後で確認すると、スカンジナビアの学生との会話も録音されていた。

8　戦争難民への仕打ち

ユダヤ教の教えでは、年に四回断食日がある。一回目はエルサレムの第一神殿（現在はイスラム教のアル・アクサ寺院がある）が壊されたことを嘆き、二回目は第二神殿が壊されたことを嘆き、三回目は第一及び第二神殿が崩壊されたことを嘆く。四回目のヨム・キープー（大贖罪日）では、一年間に犯した悪しき行為の許しを神に乞う。

ユダヤ人のほぼ九〇％が絶食し、すべての職場、交通機関が停止、国境は閉じられる。私の娘は断食の度に仕事を休み、何も口に入れずに家で過ごす。翌晩、夜空に星が三つ出ると絶食が終了するが、どこの職場でもこの日に断食すると言えば簡単に休みがもらえる。イスラム教のラマダンは日の出から日没まで断食、タバコもだめだが労働はしてもよく三十日間続く。

私はその夏、エイラットに娘と暮らし、ヒルトンホテルで働いていた。五百人いる職員中七十人がスーダンからの戦争難民で、敬虔なイスラム教徒である。彼らはいつもどおり毎日十時間労働を絶食しながらこなしていた。ホテル内の掃除、屋外プールでベッドや日よけ傘のセッティング、荷物運びなどの力仕事はスーダン人に回されていた。彼らは朝から夜まで絶食して、気温五〇度の太陽の下で働いていた。

イスラエル人はポテトフライが大好きだ。しかし、プールの売店では、ポテトフライを揚げるコックがいない。ただでも暑い屋外レストランの片隅にあるキッチンで、何時間も連続でポテトを揚げる労働ができるコックはどこにもいない。キッチンの室温は熱気で七〇度くらいになっていた。最初は毎日交代でコックがやっていたが、暑さが増すにつれ、野外プールの揚げ物担当に回されたコックは皆、逃げてしまった。

ある日アラブ・イスラエリー48の若いコック（イスラム教徒だが絶食しない）が、掃除にやって来たスーダン人の掃除課のアブダラ（絶食中）を無理やり揚げ物担当にした。ラマダン三日目のことだった。私はその日、サラダを盛る担当で、近くで彼らの会話を聞いていた。

「おい、お前、掃除はいいから油の前で立ってろ。出来たらこっちに移して、次のを入れるんだ」「僕は掃除課の人間だ。ここが終わったら、別の所に掃除しに行かなければならない。揚げ物は僕の担当じゃない。ミエコ聞いてくれ、このコックは頭がおかしいよ。僕は掃除担当なのに、揚げ物しろと言って帰してくれないんだ」。

私は口を挟んだ。「コックさん、何言ってるの。彼は絶食しているのよ。揚げ物は水を飲める人間がやればいいじゃないの」。しかし、ただの平社員である私が何を言ってもムダだった。

難民たちのほとんどは、自分の気持ちをヘブライ語や英語で表現する語学力がないので、自動的に言葉の自由が失われた状態だ。「いや、いいんだ。俺のほうから掃除課に電話する」。こんなやり取りが十分ほど続いた。キッチンの油の前は一〇〇度に近い。結局、掃除課のアブダラは何時間もキッチンで揚げ物をした。近づくだけで肌がちかちか痛い、そんな暑さの中でだ。それでも水は飲まない。揚げながら彼が口にした言葉はこれだけ。「神が僕を守ってくださる」

「難民がイスラエルで働き、蓄えた金をイスラエル国外に送金することは禁じる」。これはイスラエルの閣僚会議でその年制定された新しい法律だ。もう一つある。「難民が強制送還命令を受けた際、当事者はイスラエル国内での異議申し立てはできない（それまでは留置所からできた）。国外あるいは国境からのみ異議申し立てができる。その場合、イスラエル軍のオフィサーが決定権を持つ」というものである。

ちなみに南スーダン人はすでに全員本国に強制送還させられていた。今いるのはスーダン北部の人のみである。自力で帰った者もいるし、路上で逮捕され、留置所を経て強制送還された者もいる。イスラエル政府当局は人権をどう考えているのだろうか。娘が学校で教わった「ユダヤ人は神に近いところにいる。他の宗教を持つ人はその下にいる」という観念がそのまま国の法律となり、現実に施行されているのである。

ユダヤ人が絶食すると職場で「偉い」と褒められて休暇がもらえ、イスラム教徒が絶食すると、休みどころか絶食しずらい嫌がらせさえある。ぎゅうぎゅうに管理されて奴隷のように働き、低賃金でがんばる戦争難民たち。彼らが必死になって金を貯め、現地の母に送金しようとしても郵便局でストップされるのだ。長年住み、子供を育て、税金を目一杯払ってきた私は、イスラエルは他国ではない。私の国でもある。人として恥かしくてたまらない。

スーダンやエリトリアからの戦争難民たちが、どんなにこの国で酷い目にあっているか、エイラットで見てきたことをヴァヌヌに話した。「恥という言葉を教えてやりたい」と憤る私に、彼は「まったくもってそうだね」と頷いた。

国会でアフリカ難民の国外退去方針が議論され、政府はネゲブ砂漠のホロートという町に特別難民収容所を設けた。イスラエル人左派の仲間は政府に対する抗議を行ない、ホロコーストの生き残りの子孫は「私の祖父、祖母も難民だった」（イスラエル建国以前にパレスチナに移民したユダヤ人は難民として移民した）と書いたプラカードを掲げた。

9　変わりつつあるイスラエル

イスラエルの新聞はまたもやヴァヌヌに関する記事を掲載した。題名は、「ヴァヌヌさん、ごめんなさい――中東アジアの核兵器廃絶、これこそイスラエルがいま必要とすること」だった。イスラエルでは、イランの核兵器開発施設を空爆するかしないかの議論がさかんにされていた。

記事を書いた記者は、「イランの核兵器開発事業に目くじらを立てる前に、私たちの国が所有する核の危険性に目を向けなければならないのではないか。イスラエルが核兵器を開発し所有することは、私たち国民にとっても危険なことだ」と指摘し、最後に「ヴァヌヌさん、ごめんなさい」と結んでいる。

三十年前にヴァヌヌが言及した「核の危険性」そして「核と核兵器は廃絶すべき」理由が、少しずつイスラエルのインテリ層に理解されつつあった。記者がヴァヌヌに謝罪するのは、「あなたが言ったことは正しかった。今までそれに気づかずごめんなさい」であり、「長い年月ヴァヌヌ一人に与えられてきた罰や、ヴァヌヌが酷い対応を国から受けていることに対して、申し訳ない気持ちでいっぱい」だからだろう。

ヴァヌヌに、この記事に対するコメントを求めた。

「そうだよ、私が以前から言ってたことを、今になってようやく、少数だけどイスラエルのインテリ層が意識しはじめたんだ。〝ユダヤ人は神に選ばれた民族〟、〝イスラエル軍は神の軍だから、自分たちには特別に核兵器を所有する権利がある〟という考えは誤りであり、変えなければならない、と自覚し始めたんだよ」

日本でも公開された、パレスチナ人とイスラエル人の共同制作ドキュメンタリー映画『壊された5つのカメラ――パレスチナ・ビリンの叫び』が、東エルサレムのフランス文化会館で上映されることになり、観に行くことにした。ヴァヌヌにメールでそれを伝えると、「私もこの映画は観に行こうと思ってたんだ」と言う。映画上映の前日、エルサレムに到着してまっすぐカフェに行くと、ヴァヌヌがいた。

私は空腹だった。エイラットを出発するぎりぎりまでコンピューターに向かっていたので、何も食べる時間がないままバスに乗ってしまったのだ。エイラットからエルサレムまで長距離バスで四時間半かかる。

「宿に荷物を置いて、魚一匹買って戻ってくる。ヴァヌヌの家で調理しようよ」「いいよ。ここにいる」。私は旧市街の常宿に荷物を置いて魚を買い、カフェに戻った。買ってきた魚を自慢する私に、ヴァヌヌはアメリカ領事館の写真展の招待状を見せて、こう言った。「その前に、ここ行くぞ」。魚の入ったビニール袋を提げたまま、私たちはアメリカ領事館に行った。

写真展に来ていたジャーナリストたちがヴァヌヌを撮り、ヴァヌヌは領事と電話番号を交換して、数日後に二人だけで会う約束をした。彼の希望に輝く顔を見る度に、イスラエル国のシツコイ根の深さが頭に浮かんで暗い気持ちになる。

家に着くと、ヴァヌヌはてきぱき調理した。魚に塩コショウして、にんにくを腹の切れ目に突っ込み、オーブンに入れる。あとは焼けるのを待つのみ。

私はノートを取り出して彼を質問攻めにした。「インタビューしながらこれ飲めよ」。ヴァヌヌは前回私が飲んだまま手がつけられていないワインを冷蔵庫から出してきた。「五カ月前に封を開けた赤ワインがなぜまだ酸化せずにいい味なのか、そのわけはここにある」と、完全に密封されたボックス型の分厚い紙パックの下に付いてる蛇口を私に見せて、開けたり閉めたりしながら、一杯ついでくれた。「もう残り少ないから、全部飲めよ」

手製のモロッコ風ナスのサラダがテーブルに並んだ。ナスを丸ごと焼いて、こげた皮を剥き、身を潰してレモンと塩コショウで味付けるこのサラダは、シモンの大好物だった。懐かしい味だ。魚の焼け具合を点検するヴァヌヌに、確認したかったことを聞いてメモし、いい感じに焼けた魚にレモンを絞った。ヴァヌヌは旨い魚だと喜んで骨までしゃぶり尽くした。

「明日はどんな予定なんだ」「ビリン村の写真家のハイサムの家に行ってくる。お昼には戻れると思うよ」「じゃ、エルサレムに着いたら電話くれよ」「うん、わかった。でも、もし途中で何かあって遅くなったらどうする？　待ち合わせ場所は？」「六時半に本屋で落ち合おう」。ヴァヌヌはいつもどおり後片付けをてきぱきし、宿まで送ってくれた。

翌日、待ち合わせの時間にサラハディン通りのフランス文化会館の横の本屋に行くと、ヴァヌヌはすでに来ていて、知り合いに挨拶していた。映画はたくさんの人が来ることが予想され、庭で上映された。私たちは中央に座った。瞬く間にパレスチナ関係の仕事でこちらに滞在している欧米人で庭はいっぱいになり、映画が始まると、皆、息をのんで画面を食い入るように観ていた。終了時には拍手が沸き起こった。

見終わって外に出ると、ヴァヌヌが言った。「この映画は迫力がある。言いたいことがはっきり伝わってくるし、カメラもいい。編集もうまい。でも、ここまでイスラエル軍の悪戯を画像で捉えて、国からバッシングされないのだろうか。この映画はユダヤ人地区では上映できないだろう」「九月にテル・アヴィヴのシネマテックで上映されるよ」。私が言うと、ヴァヌヌは「えー？」と目を丸くして驚いた。

イスラエル政府のやっていることをイスラエル人が批判しても、今では反逆者として逮捕されなくなったのだ。イスラエルのしていることを批判するパレスチナ人の文化人が次々に暗殺され、ベングリオン大学の学生だったヴァヌヌがパレスチナ人の人権を主張して弾圧された時代とは大きな差がある。時代が代わり、ヴァヌヌだけが言動の自由を奪われ、敵視され、監視され、不条理な状況に置かれたままでいることが浮き彫りになった映画鑑賞のひとときだった。

ヴァヌヌは東エルサレムのアメリカン・コロニーの敷地内にある本屋で店の手伝いを始めていた。無給の代わりに、昼食を店主が彼に奢ることになっていた。店主が外出する時は、本の売上金を金庫に入れ、予約注文が入るとそれをノートに記録する。

映画を観た翌日は、店主が朝から外出するため、ヴァヌヌが店を開けることになっていた。「明日は私が店番する日だ。昼に帰るんだろ。その前にコーヒー飲みに来い」。翌朝私は家に戻る準備をしてから本屋に出かけた。ヴァヌヌは私の顔を見て、手にしていた本を棚に戻し、旨いコーヒーを煎れてくれた。

私はコーヒーを飲みながら、悩み事を打ち明けた。「ねえ、どうしたらいいかわからない。エイラットで私にできる仕事はない。娘もエルサレムの親戚や友だちが恋しくて戻ってしまうから、私もエルサレムに戻ることにした。でも、ヘブライ語が母語でない私にできる仕事はテル・アヴィヴでしか見つからない。もう、寿司屋は腰が痛くてこりごり。マッサージはエイラットなら免許なくても雇ってもらえたけど、エルサレムでは無理。ねえ、なんかいい案ない？　宿屋経営しない？　お金出してくれるだけでいいよ、私が働くから」

「いくら必要なんだ？　十万円なら出してやるよ、ははは。いいじゃないか、テル・アヴィヴに戻れよ。前はあっちで楽しくしてたじゃないか。たくさん黒人の友だちがいるだろ」

「もうほとんどいないよ、強制送還されたから。それに黒人の友だちがたくさんいたのは、彼らもイスラエルに対して私と同じようなことを感じて怒っていたからよ。ユダヤ人じゃないことで差別される怒りを分かち合える唯一の友だったの。テル・アヴィヴなら確かに仕事はたくさんある、でも私は娘の近くにいたい。週に一度の休みの日だけ、自分の体を休める代わりにテル・アヴィヴとエルサレムをバスで往復してた十六年間は本当に辛かった。もう同じことはしたくない」「そうか。わかるよ」。ヴァヌヌが私の横でため息をつく。それから私のカメラを修理したり、私が本屋の店主にマッサージをしているところをビデオに撮ったりしながら、本屋の庭でひとときを過ごした。本に囲まれているヴァヌヌはくつろいで見える。本屋のヴァヌヌ、似合ってる。コーヒーを飲みながら、ヴァヌヌとクリスティンと私は似通った性格をしていると思わないかと訊くと、そう言われればそうだねという返事が返ってきた。

クリスティンの笑い方は私とそっくりだ。そして時々言いにくいこともはっきり口に出す私は、ヴァヌヌと少し似ているかもしれない。彼と一緒にいる時、私はいつも自分らしい顔をしている。

ヴァヌヌの本屋でのボランティアは続かなかった。二〇一三年五月、アメリカ人旅行者でヴァヌヌのファンだと名乗る二人の女性と本屋でお茶を飲んでいたところ、シャバクに逮捕されたのだ。ヴァヌヌは数日後に西エルサレムの警察署に出頭するよう命令を受け、出向いたが帰宅措置を受けた。その後、本屋の店主はヴァヌヌに電話をかけてこなくなり、しばらくすると、店の権利を売ってどこかへ行ってしまった。

ヴァヌヌの誕生日には行くと約束していたにもかかわらず、仕事が立て続きに入っていて、エルサレムに行けなくなってしまった私のもとに彼からメールが来た。「クリスマスは三人で祝おう。クリスティンが絶対来いって言ってるぞ」

エイラットはどこからも遠い。一番近い街がベエルシェバで、車で二時間ちょいかかる。エルサレムまでは四時間半。しかもシャバット（安息日）やユダヤ祭には、全部ストップしてしまう。せっかく仕事が休みでも、バスが運行されないのでどこにも行けない。

西岸地区中央に食い込んだ形のエルサレムでは、アラブバスに乗って週末パレスチナに行くことができる。デモにも行けず、パレスチナの状況をネットで知るだけでは物足りない、と私はエイラットで一人焦っていた。そこに住む人々は、井の中の蛙そのものだった。

一度エイラットの文化人がたくさん集まるパーティで、占領は終結すべきだと私が言ったら、誰かがそれはあり得ない、占領はイスラエルの生きる道だ、と反論され、しかも、そんな意見を述べる人に今まで会ったことがない、とでも言いたそうな顔つきで皆が私をまじまじと見ていた。やってられないな、こんな蛙たちとは……。

美しい砂漠の山々と紅海に面したエイラットは、休暇にはいいかもしれない。しかし、いろんなことにもまれなければ人は成長しないのではないだろうか。

10　医療にも及ぶパレスチナ差別

娘はエルサレムが恋しくて、すでにエイラットの仕事を辞め、義姉ルートの家に居候していた。私は新居の資金作りのために、一カ月半残ってレストランで働いた。家の近所に貧困者救済施設を兼ねるユダヤ教会があった。私はほとんどの服を寄贈して、手放せない物だけスーツケースに詰め、バスでエルサレムに向かった。

新しいアパートが見つかるまで、安宿のドミトリーに泊まるので、荷物を預ける場所が必要だった。電話をかけてヴァヌヌにスーツケースと本や服が詰まったダンボールを預かってくれと頼んだ。

引っ越しの日、ヘブライ大学前の停留所でバスを降りてタクシーに乗り換え、ヴァヌヌのアパートへ向かう途中、「あと数分で着く」と電話した。ヴァヌヌは通りで待っていた。タクシーを降りると笑顔で迎えてくれ、重いスーツケースを悠々と担ぎ上げた。荷物を玄関ホールに置くと、水を一杯もらって飲んだ。荷物を取りに来る時また連絡するねと伝えて、早足で旧市街に行き、宿にチェックインした。

翌朝、東エルサレム・イサウィヤにあるハダッサ病院へ出かけた。そこにビリン村のフォト・ジャーナリスト、ハイサムの次男が白血病で入院していたからだ。五歳のカルミはすっかり衰えていた。幼い命が消えかけているのが見てとれた。付き添いの母ハウラは独りぼっちだった。

パレスチナ人の怪我や病気がパレスチナの医療施設で手に負えない場合、イスラエルの病院で手術や治療を受けることになる。見舞いや付き添いで検問所を通過する許可は、両親と兄弟に限られる。ビリン村に残された十歳の長男の面倒はハイサムが見ていた。

病院に行くと、西岸地区とガザ地区の違いさえわからない看護婦がいて、ハマスがイスラエルに向けて飛ばしてくるロケット弾のことで、ハウラに嫌がらせを言っていた。「看護婦さん、彼女は西岸地区から来てるのよ。ガザのハマスとはまったく関係ないわ」。腹を立てて、看護婦に抗議する私の腕をハウラが引っ張った。ヘブライ語を理解しなくても、身振り手振りやガザ、ハマスなどの単語で何を言われているか彼女にもわかっていたが、口答えをすればカルミに対する看護に影響が出るのではないか、と危惧しているようだった。ハウラの孤独と苦悶が私の心をわしづかみにした。

二週間後に北海道パレスチナ医療奉仕団がやってきて、私は彼らのコーディネーターを一カ月務めることになったが、それまでは毎日お見舞いに行き、ハウラのそばにいることにした。あといくばくもない日々をカルミがビリン村で過ごせることを一家は望んでいたが、病院外に出るには生命維持用器具が必要なのだと聞かされた。それを医療施設から借りるには巨額の資金が必要だった。

ハイサムはカルミが入院を繰り返すうちに莫大な借金を抱えていたので、それ以上の借金のあてはなかった。ハイサムと仲のいい高橋美香さんに、メールでカルミの容態を知らせた。事情をよく理解してくれた美香さんは、機械借用費をカンパで募ると返事をくれた。

数日後、ハイサムがビリン村から見舞いに来るというので、一緒に行くことにした。待ち合わせの時間まで、今日は何を土産にしようかとダマスカス門の店を覗いていると、偶然ヴァヌヌがやって来た。ヴァヌヌはハイサムと面識がないが、私から話を聞いて、次男が入院していることを知っていた。ハイサムが以前ヴァヌヌのことを〝偉大な英雄〟と称えていたのを思い出し、ヴァヌヌに、バス停まで一緒に来てハイサムを励ましてくれるように頼んだ。ヴァヌヌは、「いいよ、一緒に待とう」と言ってくれた。ハイサムは待ち合わせの時間に一時間以上遅れてやって来た。検問所が混んでいて、おまけにハイサムを通過させるのに兵士が長々と検査したらしい。

バスを降りたハイサムは、ヴァヌヌを見るとはちきれそうな笑顔になり、握手をした。「写真だミエコ、写真を撮ってくれ」。はしゃいでヴァヌヌと肩を並べた。ヴァヌヌはハイサムの手を取り、こう言った。「私は君を励ますつもりでここに来たけど、君は強い男だ。大丈夫だ」。もう一度ハイサムの手を握り、肩を抱いて去って行った。

カルミは日に日に痩せ細り、骨と皮だけの痛々しい姿になってきていた。私は、ビリン村のデモに車で行くエルサレム在住のイスラエル人活動家リジーに頼んで、カルミの唯一の兄モハマッドを病院に面会に連れてくるよう頼んだ。モハマッドが病院に到着した、と彼女から連絡を受けて行くと、ちょうど空爆警報が高らかに鳴り響いた。エルサレム／ベツレヘム間の畑に落ちたようで怪我人はなかったが、病室の隅で空爆警報を初めて聞いたモハマッドが恐怖におののき震え泣いていた。

その頃、ガザからイスラエルへ向けてたくさんのロケット弾が飛んできていた。娘の当時の恋人は兵役中で、空軍戦闘機の整備士だった。彼はガザ空爆開始直前、〝演習〟だと言われて基地に三日間泊り込んだが、「演習のはずだった戦闘機が、いきなりガザ上空で空爆を始めて驚いた」と私に教えてくれた。

現場にいる兵士さえ、いつ突撃するのか寸前まで知らない。ただ命令を待ち、命令どおりに動くのみ。皆、システムにのまれて、権力の奴隷になっているのだ。娘の異母兄エデンは陸上侵攻に備え、ガザ付近の基地で待機中だった。私は何度も電話で、「刑務所に入れられても戦闘拒否しろ」と説得を試みたが、聞く耳なしだった。

カルミは二週間後亡くなった。私の心はボロボロになった。美香さんが多くの方々から募って集めたカンパが届く前日、カルミは逝ってしまった。病院では彼を院外へ出すなど危険すぎて問題外だとしていたが。カンパは、ハイサムの借金返済の一部に充てられた。（美香さんを通じてカルミ基金にカンパしてくださった皆様に、この場をもって、改めて深く感謝いたします）。

しばらくして娘が探してきたアパートに住むようになったある日、クリスティンとヴァヌヌが私のアパートを見にやってきた。「なんでこんな狭くてボロボロの部屋に高い家賃を払ってるんだ？　西エルサレムの家賃も物価も信じがたいほどだな」。彼らはお茶も飲まずに帰っていった。

エルサレムに戻ってからは毎月一度、ヴァヌヌのアパートで食事会をしていた。

クリスティンは寿司が大好物で、巻き寿司の作り方を教えたこともある。そのあと、「自分たちで作ってみたら、結構上手にできた」と報告があった。

ヴァヌヌは料理が得意で、私が行く度に、手製の料理を、これでもかこれでもかというほど食べさせてくれた。赤カブサラダとナスのサラダ、パプリカでこってり煮たモロッコ風魚料理は、姑が作るそれと同じ味をしている。パレスチナ料理のワラック・ダワリ（米とミンチ肉を混ぜ、葡萄の葉で巻いたもの）も見よう見真似でうまく作る。パンもケーキもクッキーも焼く。材料は自然食品店で仕入れたオーガニックのものが多い。彼は毎回、持ちきれないほどの手土産を持たせてくれた。

11　イスラエル人左派とヴァヌヌ

ある金曜、ヴァヌヌの家で昼食をご馳走になった後、シェイク・ジャラの「入植反対デモ」に行った。それは、イスラエル人平和活動家からのメールがきっかけだった。「家屋撤去に反対するシェイク・ジャラの少年が逮捕された。軍警察は深夜、寝床から彼を連れ去り、危険人物の容疑で服役させようとしている。シェイク・ジャラに集合せよ」

シェイク・ジャラは東エルサレム北西部にあり、人口約三千人、アメリカン・コロニー・ホテルやパレスチニアナ・ナショナル・シアターがあり、ラマーラやジェリコに至る幹線道路が通っている。一九六七年まで「国境」だった道路には路面電車が走り、通りを渡ると西エルサレムのユダヤ正統派地区となる。そこには四七〜四八年にナクバ（大災厄）によって難民となり、国連とヨルダンの支援で住居を得た人々が多く住んでいる。占領開始後、土地管理法と不在者財産管理法を巧みに利用したユダヤ人団体による土地財産の略奪が合法化された。

不在者財産管理法（一九五〇年施行）とは、土地・家屋の所有者が一定期間不在となった場合、政府が没収するというもので、パレスチナ人にのみ適応される。土地管理法（一九七〇年施行）は、イスラエル建国以前にユダヤ人が所有していた土地・家屋について、申告して裁判で認められれば、現在住んでいるパレスチナ人を土地・家屋から追放し、申告者のものになる法律だ。

一九四八年以降に移住してきた住民の多いシェイク・ジャラでは、これらの法律を巧みに利用したユダヤ人入植団体や資産家が、国の行政機関や役所の協力を得て、土地・家屋を略奪し続けている。パレスチナ人の家主が、オスマン・トルコ時代の土地家屋所有を証明する書類を裁判所に提出しても却下されたり、国連やヨルダン政府公認で家賃を払ってきた住民がユダヤ団体から家賃を請求され、払わないことを理由に刑務所に入れられ、家を乗っ取られたり、撤去命令を受けて立ち退いたらユダヤ人が住みだした家があったりする。

家屋撤去は「占領以降に増築した部屋が無許可建築」と理由づけされることが多いが、事前に巨額の建築申請費を払っても許可されることはほとんどない。住居地として認められない「ノー・マンズ・ランド」に指定された土地の家主は、土地所有権を認められても家を壊され、親戚の家に身を寄せているうちに、「所有者不在」の理由で土地を没収されることさえある。

シェイク・ジャラで家を壊された家族が瓦礫の横にテントを張って住んでいた二〇〇九年、昼夜やってくる軍隊や入植者の攻撃に備え、国際連帯運動のメンバーが交代で泊まり込んでいた。当時のデモは、毎回百名を越える参加者が集まり、何名も留置場に入れられたり、催涙弾やゴム弾が撃たれたりと激しいものであったが、活動家数はそれほど増えないのに活動すべき場所が増えるにつれ、シェイク・ジャラのデモはここ数年すっかり下火になっていた。

私は、シェイク・ジャラの悪化状況や、できるだけ休まず毎週行くことに決めたことをヴァヌヌに話し、一緒に来ないかと誘った。毎金曜、彼の家から歩いて十分ほどの道路わきで、イスラエル人左派がプラカードを持って立っているのを、彼はもちろん知っていた。

　ヴァヌヌはイスラエル人と接触することに抵抗がある。イスラエル人左派は、パレスチナ解放や分離壁反対、入植反対運動はするが、ヴァヌヌ解放運動はしない。ヴァヌヌ同世代の左派はヴァヌヌを、「偉大な人」「ここまでひどい扱いを受けて可哀相」と思いはするが、新世代の左派は、「彼がしたことは素晴らしいけど、モサドに捕まるなんてドジだ」と言う。

　一般にイスラエル人は彼が「イスラエルの核の機密を暴露した」ことは知っていても、その行動の根本にあるものが「パレスチナ占領に反対」であるとは、意外に知らない。逆に、知っている人は、「一九四八年以前パレスチナだった土地にはパレスチナ国家を建国し、ユダヤ人はユダヤ系パレスチナ人になればよい」というヴァヌヌの考えは斬新すぎてついていけないと言う。

　ヴァヌヌにすれば、イスラエル人左派がヴァヌヌ解放運動をしないのは冷たい仕打ちだ。しかし、ヴァヌヌが大学でパレスチナ人と連帯運動をしていた当時、彼と活動をともにしなかった者が、ヴァヌヌを同士と感じ、ヴァヌヌ解放を政府に訴えるには、彼の存在は遠すぎる。ヴァヌヌが活動をともにしていたのは皆、イスラエルに住むパレスチナ人で、今は刑務所にいるか、シャバクに睨まれるのが怖くて言動を控えているかのどちらかだ。

　そんなわけで、ヴァヌヌはイスラエル人との接触を好まない。

　彼は少し考えてから、靴を履いて私に言った。「ちょっとだけだ」。ヴァヌヌと肩を並べてデモの集合場所に着き、プラカードを掲げて並ぶと、ビリン村のハイサムを通して仲良くなったテル・アヴィヴ在住イスラエル人左派のベニが私に近寄り、耳元でささやいた。「ミエコ頼む。ニシムがヴァヌヌと少しでいいから話したいって。聞いてみてくれよ」「やってみる」。ヴァヌヌを説得し、ニシムに紹介した。

ニシムは、ヴァヌヌのドキュメント映画を撮った人だ。彼はゴシップ好きで、ゴシップは真実の一面だと思い込んでいる。彼が製作したヴァヌヌのドキュメント映画は、観ているとバカバカしくなるほどゴシップの寄せ集めで、私は最後まで観る気にならず、途中で止めてしまったほどのヒドイ出来だった。

ニシムはヴァヌヌに、「偉大なことを一人でやり遂げたあなたを尊敬している」と言ったが、ヴァヌヌは握手さえせず、つんとしたまま短い会話を交わして、私に「またな」と手を振り帰ってしまった。

近年、パレスチナ人と連帯し、占領の様子を撮影して解説をつけ、ネットで拡散しているイスラエル人活動家仲間が何人か逮捕された。こういった状況で、ようやくイスラエル人左派の、ヴァヌヌに対する考えは変わっていくかもしれない。

12　パレスチナを分断する「E1」プラン

数年前のユダヤの断食日、ヨム・キープーにヨルダン川西岸地区最南端の町ヘブロンに出かけた。

この日はユダヤ人住宅地を通過するバスが走らないので、分離壁の向こう側になってしまった東エルサレムのアザリヤ村まで行き、ラマーラから来るヘブロン行きのバスに乗り換えるという遠回りをしたために、普段は一時間半で行けるのに三時間半もかかってしまった。

遠回りをしてもいいと考えたのには理由がある。アザリヤ行きのバスに乗り、ヘブライ大学の麓にあるトンネルをくぐると、からっとした青空の下に砂漠のこんもりとした山々が連なっている。山の麓にはベドウィンのテントと給水用タンクがあり、羊の群と羊飼いの少年が遊牧する姿があちこちに見える。

バスの中からつかの間見るだけだが、短いトンネルを一つくぐるだけで別世界になるのが好きだった。だから、あえて断食の日に遠回りをしてもヘブロンに行こうと決めたのだ。しかしこの日、バスの窓から見える光景に私は目を見張り、ショックと怒りでいっぱいになった。死海やエイラットに行く時も、マアレ・アドゥミムの親戚の家に行く時も、ジェリコに行く時も、いつも見えていたベドウィンのテントが一つもない。

その昔、北アフリカからアラビア半島までの広域を遊牧しながら、季節ごとに移動してベドウィンは生きてきた。オスロ合意で、山羊や羊の遊牧に適したヨルダン渓谷及び死海北部全域は軍閉鎖地区とユダヤ人専用地区（C地区）にされてしまい、移動に厳しい制限がつけられるようになった。足止めを食らった彼らは狭い範囲で遊牧を続けるしかなかった。

過酷な状況に追われたベドウィンは、西岸地区全域に建設された分離壁や入植地周囲を囲む金網や電流網に移動を妨げられ、さらに家畜に草を食べさせる範囲を狭められ、閉ざされた土地で足止めを食らいつつも、なんとか山の麓にテントを張り、可能な範囲で遊牧をして生きてきた土地だった。

ヘブロンに行った数日後、ユダヤ祭の食事に誘われ、マアレ・アドゥミムに住む義姉の家に行った。トンネルをくぐると見えるはずの光景をバスの窓越しに探した。今まで何度も壊されて、その度に国際人権団体やイスラエル家屋崩壊反対運動の協力で建て直されてきたテントはなく代わりに岩肌の土地をならすブルドーザーの姿が見えた。E1プランが本格的に実行されはじめたのだ。

E1プランとは、東エルサレムの北東部の入植地とマアレ・アドゥミム入植地の間にある土地に、一二平方キロメートルの新たな入植地を建設する計画のこと。現在ここには豪華で住み心地の良い住宅三千件、工場、ホテル、ごみ処理場、大規模な警察署、エルサレム及びマアレ・アドゥミム住民の墓地が着々と建設されている。

この計画は一九九五年に故イツハク・ラビン首相により発案されたものだが、政府による建設許可がおりず、アメリカの強い反対を受け、これまで工事に手がつけられていなかった。

二〇〇二年、ベン・エリエゼル国防長官は、軍法によってE1プラン実行命令を出したが、当時のナタニヤフ政権は建設許可を出さず、実際に建設準備作業に入ることはなかった。

二〇〇四年、建設許可も下りず、正式な町づくりの計画もないまま、建設省はここに住んでいたベドウィンのテントを壊し、岩だらけの土地を平らにする工事を開始した。これはイスラエルの法律にさえ違反するものである。テントを壊された彼らは国際人権団体の協力を受け、同じ所に新たなテントを建て直した。その後、何度も壊す、建て直すが繰り返された。

しかし二〇一二年、国連がパレスチナを「国家」として国連オブザーバーに認定すると、ナタニヤフ首相はパレスチナに対するお仕置きだとでも言うかのように、「E1地区に住宅三千軒の新入植地を建てる」と発表した。

国際法違反にもかかわらず、工事開始の理由として公式発表された説明は以下の通りだ。「従来交わされてきた『E1地区には建設しない』というアメリカとの約束は、すでに有効ではない。原因はパレスチナ自治政府の反抗的な態度である。テロ行為は増加している。ここに入植地を建設することは、セキュリティ上絶対必要である」。この発表は平和を望むパレスチナやイスラエルの人々を怒濤のごとく怒らせた。ブッシュでさえ、この計画には反対していた。

パレスチナ自治政府は、E1地区のベドウィンの追放及び建設工事に対し、国際裁判所に国際法違反及び人権侵害として訴えている。E1地区が入植地になると、東エルサレムにあるピスガット・ゼエブ入植地とマアレ・アドゥミム入植地がひと繋がりになり、入植地間の交通が便利になるだけでなく、エルサレムの土地不足と住宅難がかなり解消されるという。このE1地区入植予定地をくるりと囲い込む形で、さらなる分離壁の建設が進められている。

この分離壁ができると、現在パレスチナ人が使用しているラマーラとベツレヘムを結ぶ道路が塞がれ使えなくなる。パレスチナ北部と南部間の移動には、マアレ・アドゥミムの北東部、エリコの手前まで大きく迂回しなければならなくなる。パレスチナは事実上、北部と南部に分かれてしまう。

国連の報告によると、イスラエルによる占領が開始された一九六七年以降、これまで二万四千軒のパレスチナ民家が破壊されており、一家族あたりの損害は五百十二万円から約一千万円になる。また、これら金銭的な損害以外に、土地を追われた人々の精神的打撃、健康破壊、トラウマ、計り知れない苦しみを占領は生みだしている。

ヘブロン旧市街で手芸店「ヘブロンの女たち」の店主ライラと話した。平和活動家・志賀直輝氏発案の「女は何でもできる（=women can do anything）」という文字を刺繍した財布は定番化している。それをもじって私が提案した「男にだって何かできる（=men can do something）」のほうも時々売れてるようだった。

ヴァヌヌへの土産に、ヘブロンでしか売られていないラクダのステーキ用肉を買った。クリスティンが食べてみたいと前から言っていたからだ。エルサレムに戻ってラクダ肉をヴァヌヌに手渡し、E1プランに関する報告をすると、彼は眉間に皺をよせて聞き、悲しそうに「そうか」と言った。

「ラクダ肉ありがとう。クリスティンが旨いと喜んで食べた。私はもう二度とラクダは食いたくない」というメールが数日後、届いた。

刑務所から釈放されたヴァヌヌに会おうとしなかったヴァヌヌの父は、二〇一三年末に亡くなった。二十七年間会っていなかった父の死の知らせを受け、ヴァヌヌはアパートで一人嘆き悲しんだ。その数カ月後、弟のダニエルがテル・アヴィヴ近郊ブネイ・ブラック地区のビルの屋上から飛び下り自殺した。ヴァヌヌはそれを新聞で知った。ダニエルは大学教授だった。ヴァヌヌのことでイスラエルの学会から弾圧を受け、長年アメリカで教鞭をとっていた。自殺は離婚が原因ではないかと噂されたが、明らかになっていない。

ヴァヌヌは告げた。「誰とも笑ったり、話したり、楽しく食事をしたりできない。食事会はもうやらない」。私は了解した。それでも時々、街角でばったり会うと嬉しそうに立ち止まる。それは、旧市街の近くだったり、ユダヤ街の市場だったり、路面電車の中だったり、私のアパート前の大通りだったり、フランス文化会館だったりする。その度に近況報告をお互いにして、笑顔で別れる。

ある日、新刊『ガザのジャーナリストが記録した二〇一四年のイスラエルによる侵攻の模様』の発表会に出席すると、ヴァヌヌがやって来て、「おう、元気か」と私に声をかけ、隣に座った。会は大入り満員で、開始前に空席はなくなった。監修はイスラエル人左派ジャーナリストとして有名なギドン・レヴィだった。ギドンはマイクを手にすると、こちらを向いてこう言った。

「ご出席の皆さん、著者を紹介する前に、紹介しておきたい方がいます。モルデハイ・ヴァヌヌ氏です。そちらに座っておいでです。敬意を表します」。会場から大きな拍手が沸き上がった。ヴァヌヌは着席のまま片手を高く上げ、会場の皆に挨拶した。

13　おそい春

イスラエル最高裁判所は二〇一五年一月二十五日、ヴァヌヌの「移動、結社、表現の自由の制限に対する異議申し立て」をまたもや棄却する判決を下した。前年は父の死、弟の死、とヴァヌヌにとって、ため息の出るような暗い出来事ばかりであったが、それでも一つ、いい事がこの年あった。

五月、「トルコで起こったアルメニアンの虐殺・追放百周年記念レクチャー」が東エルサレムのフランス文化会館で行われた。私は会場の前のほうに席を取った。数分して、視線を感じたので振り向くと、後ろのほうに座っていたヴァヌヌが手を振った。私はにっこり笑った。ヴァヌヌは隣の席に移ってきて、こう言った。「このあいだ徒歩でベイト・シェメシまで行ってきたよ」「ええーっ！　何時間かかったの？」

椅子から落ちそうになった。東エルサレムからベイト・シェメシに行くには、車でも一時間弱かかる。「五時間。君が歩くの好きなら連れて行くんだけどな」「ヴァヌヌの早足で五時間なら、私には十時間かかるわ。無理無理無理。考えただけでも筋肉痛になる」「ところで明日、クリスティンが来るよ。やっとヴィザが出たんだ。二、三カ月待たされた。やってられない。だから解決策として、俺たちは結婚することにした」。私はそれを聞いて飛び上がった。とてもうれしかった。

彼らはもう何年も恋人同士だったのだから。「わぁあ！　おめでとう！」「友人を招待するべきだと思うか」「もちろん招待するべきよ。軽食や飲み物のブッフェもやろうよ」「わかった。クリスティンと相談して、連絡するよ」。数日してメールが来た。

「親愛なるミエコ、結婚式に来てくれ。五月十九日午後五時、旧市街のドイツ・キリスト教会のリディーム教会だ。五時きっかりに教会の門が閉まる。それまでに入って来い。娘を連れてきても良いぞ」

娘に一緒に来ないかと聞くと断られた。ヴァヌヌに共感を持つ母親に共感はしても、ヴァヌヌに共感することはできないのだという。前日ヴァヌヌが電話してきた。「三時に来て、野菜切ったり、皿に並べるのを手伝ってくれよ」。三時まで働くので少し遅れるかも知れないが、できるだけ早く行くようにする、とヴァヌヌに伝えた。

急な話だったので、前日は夜中まで働き、当日は夜シフトを朝シフトに交換するのがやっとだったのだ。マネージャーにお願いして三時少し前に仕事を終え、職場の便所で服を着替えて旧市街の教会へ駆けつけた。

教会の係員が、台所の中を見せてくれた。少しすると、押し車式の買物車をごろごろと引きながらヴァヌヌとクリスティンがやって来た。中からは、高価なチーズの数々やシャンペン、ワイン、果物、野菜、ソーセージ、ヴァヌヌお手製のワラック・ダワリ、スモークサーモン、パレスチナ特産オリーブがこれでもかというほど出てきた。野菜を洗って細長く切り、何種類もの極上チーズと一緒に並べた。

四時四十分になると、白いドレスに着替えたクリスティンの横でヴァヌヌが、昨日買ったばかりだという赤いネクタイを手にしてショックの大声を上げた。「白いワイシャツを持ってくるのを忘れたぞ！」「今来てるチェックのボタンダウン、その赤いネクタイと合うよ。それとも、私がちょっくら走って買って来ようか？　あと二十分あるから」。しばらく黙っていたヴァヌヌは言った。「いや、これでいい。ボタンを締めれば大丈夫だ」

式の前に「ドキドキする」と私が言うと、クリスティンはこう言った。「うん、私も。シャバクが邪魔しにこないか心配だわ」。私は、ヴァヌヌがついに結婚する、ということにドキドキしていた。シャバク突入を心配する気持ちはわかるけれど、それはないだろうと思っていた。もし、イスラエル警察がドイツ教会に押し入って結婚式を潰すようなことをすれば、政府はドイツと揉めることになる。イスラエル当局としてそれは避けたいはずだ。

教会の中庭に立食用テーブルを並べ、フォークやナイフ、ワイングラスなどをセットして、五時に聖堂に入ると、参列者たちがそわそわしながら立ち話をしていた。

参列者は、人権弁護の最高権威のアビグドール・フェルドマン弁護士、人権保護団体のイエシ・ディン顧問弁護士ミハエル・スフォード弁護士、フェルドマン弁護士事務所のエミリー弁護士。皆、猛烈に忙しい人々で、簡単にはお目にかかれない。彼らは急な招待にもかかわらず、すべてキャンセルして、テル・アヴィヴからラッシュアワーの時間帯にやって来た。これはすごいことである。

モロッコに住むヴァヌヌの弟メイールは、結婚式に出席するために飛行機でやって来ていた。ヴァヌヌの兄アーシェル、ヴァヌヌが刑務所にいた頃から支援してきたイスラエル人左派ギドン・サピーロ、神父の妻、教会関係者三名と私、合計十一名だった。

椅子に置かれたドイツ語の聖書に、賛美歌『聖なる朝』の英語訳が刷られた一枚の白い用紙が挟まれていた。神父が「この歌を皆で歌いましょう」と促すと、パイプオルガンの演奏が始まった。美しい歌声が後ろから響きだした。振り向くと賛美歌専門の女性が立って歌っていた。うっとりするような式だった。ユダヤ式の騒々しい結婚式となんとかけ離れていることか。

式が終わると、私は台所へ続くらせん階段を駆け上り、食べ物が並んだ大きな皿や飲み物を抱えて降りた。アーシェルとドイツ人の男性が手伝ってくれた。

私はワインをグラスに注ぐと、カッと飲み干した。三日連続夜中に働き、体は疲れていてもヴァヌヌ結婚の緊張でほとんど眠れず、二時間睡眠で朝シフトへ出かけ、かんかん照りの太陽の下で働いていた私は、ワインでようやく覚醒した。弁護士やヴァヌヌの兄弟たちと話をする時はヘブライ語、ヴァヌヌとクリスティンとは英語で話した。

上等のチーズとワインで疲れも時間も吹っ飛んで、あっという間にお開きになった。後片付けはヴァヌヌの指揮のもと、素早く済ませた。

年老いたギドンは、一人で道を歩くのがつらそうだった。前屈みで手は震えている。私はギドンと旧市街の外にある駐車場まで一緒に歩くことにした。クリスティンとヴァヌヌは、ギドンに付き添う私に感謝し、さよならを言った。私たちは歩きだした。私は意識だけで持っている体を引きずりつつヴァヌヌの結婚に嬉々としていた。ヴァヌヌとクリスティンが、「いつか自由になる」希望とともに。

14　ヴァヌヌの闘いは続く

二〇一五年の秋、ヴァヌヌはイスラエルのテレビ局から、テレビ出演してインタビューに答えてくれないかと頼まれた。刑務所から釈放された時や、再度入獄した時にはテレビインタビューに答えたが、それからすでに何年も経っていた。ヴァヌヌは、どんなに国が隠そうとしても、核が危険であることを伝え続けていかなければならないと考え、テレビ出演を承諾した。

自分が知っているイスラエルの核の機密は、新聞に発表されたものがすべてで、自分はそれ以上の情報は持っていないこと、自分をどんなに拘束しても何にもならないことを、もう一度はっきりテレビで伝えるいい機会だとも考えた。

二〇一五年九月四日、イスラエルの2チャンネルでインタビュー番組が放送された。インタビューの撮影は彼の身の安全を考慮して、テル・アヴィヴにあるギドン・サピーロの自宅で行われた。

番組でヴァヌヌは、「ディモーナ核開発研究所は本当に危険だ」「核は環境を汚染し、核汚染は生物・人類をも破滅に追い込む」と言及した。

どのようにしてモサドに捕まったのかにも、ヴァヌヌははっきり答えた。「モサドは私好みの女性を使って罠にかけたのさ。孤独なあの状況で、好みのタイプの女に言い寄られれば誰だってぐっとくるだろ」。ヴァヌヌは事実を話しただけだ。

しかし、テレビ出演の六日後の午前九時、シャバク九名がヴァヌヌ宅を襲撃した。家中を片っ端から捜査し、ヴァヌヌの携帯電話、パソコン、カメラを押収して、「一週間の外出禁止及び二週間のネット使用禁止処分」を言い渡した。翌日、ギドン宅も家宅捜査を受けた。

ヴァヌヌが自宅拘留されたと知って私は、彼の携帯電話がシャバクに奪われたとは知らずに、何度か電話をかけた。呼び出し音は鳴り続けるだけだった。

三週間後、ヴァヌヌに道でばったり会った。娘と息子を連れて日本に短期帰国する寸前だった。何か日本で買ってきて欲しいものはあるかと聞くと、こんな返事が返ってきた。「体をこするナイロン製タオルだ。日本人から一度もらったことがある。こしが強いのが気に入ってずっと使ってる。もうぼろぼろになったから新しいのが欲しいんだ」

日本から戻った日、ナイロン製タオルと日本茶、京都で仕入れた西陣織の帯と京菓子を手土産にヴァヌヌの家に出かけた。ヴァヌヌは携帯電話もパソコンも警察に奪われたままだったので、一か八か家まで行くしかなかった。運よくヴァヌヌは家にいた。

書斎で原稿書きに励んでいたクリスティンが出てきて、私に挨拶のキスをした。ヴァヌヌはお茶を入れて、手作りクッキーとケーキを何種類も皿に盛ってくれた。「これ食べろ、こっちも試せ、どうだ旨いだろ、胡桃入りだ。じゃ、こっちのドライフルーツのケーキも切ってあげよう。添加物はいっさい入ってないぞ」

腹一杯になるまで手製のお菓子を食べている間、ヴァヌヌは帯でクリスティンの胴周りをぐるぐる巻いて遊んでいた。

レストランを解雇された私は靴屋の店員になった。解雇理由ははっきりと告げられなかったが、アラブ人キリスト教徒のレストランのマネージャーの父がイスラエル警察の協力者だったので、そのうち制裁を受けるだろうとうすうす感じていた。解雇は、マネージャーからフェイスブックの友人リクエストを受けて拒否したすぐ後だった。当局にフェイスブックで追跡されるかも知れないので拒否したのだから、解雇は当然のことで、逆に解雇されてよかったのだ。

ヴァヌヌに新しい職場を告げると、ある日クリスティンとやって来た。靴屋のマネージャーはヴァヌヌと親しげに挨拶を交わす私を見て、固まっていた。

「君、あの人とどんな関係なんだ？　どこで知り合ったのか？　君の娘も彼と会ったことはあるのか？　彼は君の家に来るのか？」「旧市街で暮らしていた時に知り合いました。娘は彼に会ったことはありません」。

そう答えるとマネージャーは、「それじゃあ、それほど仲がよいというわけではないのだね」と安心したような表情でため息をついた。

数日後、東エルサレムのフランス文化会館で行われた音楽会に出かけると、ヴァヌヌとクリスティンも来ていた。音楽会の後、ダマスカス門の近くの店でヴァヌヌが買ってきた炭酸水を飲みながら話をした。

「新しい仕事はどうだね？」

「うん、前の仕事より体がずっと楽。レストランは夜中までだったし、皿が重くて、腰痛で眠れないこともあったから。今は重いものを持つわけじゃないから大丈夫。ただ、時々、客があまり来ない雨の日は、急に『もう帰っていい』って言われて、帰宅させられることがある。私は時間給だから、そういうことがありすぎると食べていけないから不安な気持ちになる」

「それはだめだ。帰宅命令受けたら、拒否しないと」

「うん、わかった。今のところは、柔らかくボスに話して理解してもらうようにするよ」

「そうだな、まだ勤めだして半年も経たないから不利だ」

イスラエルの労働組合は希望者だけ入れるが、毎月の組合費が高いので入る人は少ない。私も入っていない。ヴァヌヌはいつもどおり、私のことを心配して意見を言った後、クリスティンと肩を並べて帰っていった。

二〇一六年五月八日、ヴァヌヌはまたもや国から起訴された。起訴理由は、①二〇一三年にカフェでアメリカ人とお茶を飲んでいた。②同じ建物で住所変更はないが、部屋番号が変更していた。③テレビに出演した。

顧問弁護士アビグドール・フェルドマンは、「住所変更のない同じ建物内での引っ越しも、アメリカ人とお茶飲んだことも、テレビですでに国民が知ってることを話したことも、国家保安になんら危険をもたらすものではない。これは嫌がらせ以外のなにものでもない。こんなことで起訴する国は恥を知るべきであり、その国民である自分も恥ずかしい」と、『ハ・アーレツ』新聞の記者に語った。

これからまたヴァヌヌの闘いが始まる。裁判は何年かかるかわからない。裁判には精神的にも肉体的にも多大なエネルギーが必要だ。ヴァヌヌの体力がもつか心配だ。

シャブオーット祭の日、シルワン村の友人宅でのラマダン明けの食事に行くのにどんな土産を買おうかと八百屋を覗いていたら、隣で同じく野菜や果物を物色していたヴァヌヌと目が合った。「久しぶりだね、どうしてる？　裁判の日決まった？」と聞くと、七月四日シャロム裁判所で、と教えてくれた。ヴァヌヌ支援に連帯すると言ってくれたイスラエル人の左派二名とともに、私は傍聴に出かけた。裁判はすぐにかたがつくものではなく、まだまだ続く。

最初の釈放から十三年の月日が流れた今もヴァヌヌは、自由になってイスラエルから出国できる日を待っている。

【参考資料】

vanunu Mordechai in 1986 brought to court December 22nd
http://www.youtube.com/watch?v=t7wQBBkz8sc&feature=BFa&list=PL7B51FBBDFD85EA3B

〝The woman from Mossad〟 Peter Hounam

Dimona - Israel nuclear weapons Factory on Channel 10
http://www.youtube.com/watch?v=UFFTgQ_suGQ&feature=bf_prev&list=PL7B51FBBDFD85EA3B

イスラエルニュース channel 10 /nuclear threat is from Israel not Iran
http://www.youtube.com/watch?v=PYeJ7uIPEbE&feature=related

ＢＢＣ　BBC Nuclear Secrets S1E04 Vanunu and the Bomb
http://www.youtube.com/watch?v=PIIYHRDuUow&feature=related

ミシェル・ワルシャウスキー（脇浜義明訳）『国境にて』拓植書房新社、二〇一四年

ヴァヌヌからのメッセージ

百年前、世界は新しいエネルギーを渇望し、あらゆる種類の核エネルギーを取り入れようと躍起になりました。時が経過し、世界は嫌というほどの核エネルギーを得て、そんなものがなくてもやっていけることを理解したはずです。ヒロシマの悲劇は、核兵器の誕生を世界中に知らしめる大惨事でした。しかし、それは教訓とならず、世界の大国やイスラエルのような小さな国も、核保有の危険を無視し、電力確保のためとして多くの核施設を建設し、原子力産業を継続してきました。チェルノブイリ事故さえ、核エネルギーを終結させようとするきっかけにはなりませんでした。

ヒロシマの悲劇があった上にフクシマの大惨事が起きて、ようやく日本を含む世界が核の危険性、そして核エネルギーが生みだす物質の危険性に気づき、断固とした闘いに立ち上がりました。今では世界の国々が核エネルギーを廃絶させようとしています。

日本は核エネルギーがなくても十分に機能していけるだけのエネルギー生産技術を持つ産業国です。核エネルギーを使用しなくてもやっていけるのです。核エネルギーがなければやっていけない？　電気代が上がる？　それは日本の政府や原発産業関係者が作り上げた嘘です。核は必要ありません。核爆弾も必要ありません。日本は二〇一二年の五月五日に全国の原発をストップさせ、何年も維持していました。

現在約一一トンのプルトニウムが日本国内に保有されています。八キログラムのプルトニウムで核爆弾が一つ作れます。今、数千個の核爆弾ができるほどの膨大なプルトニウムが、日本のどこかに眠っています。これは日本が非常に危険な状態にあることを意味します。核の危険性はあなた方、日本人が一番よく知っているはずです。

ご存知でしょうが、核のごみは一万年以上残ります。日本はこれ以上、核のごみを増やしてはいけないのです。核エネルギーとすべての核兵器の廃絶を訴えましょう。核から解放され、自由になりましょう。人類にとって、本当の敵は核です。もう一度、皆さんに伝えます。日本は核を廃絶させるべきです。福島で起こったことを二度と繰り返さないでください。

二〇一二年九月一二日

モルデハイ・ヴァヌヌ

あとがき——モルデハイ・ヴァヌヌに

モルデハイ・ヴァヌヌほど強い男を私は知らない。彼のお気に入りの言葉はニーチェのこれだ。

What is not destroying me makes me very strong
私を潰せないものが私をとても強くする

現在もイスラエルはモルデハイ・ヴァヌヌを執拗に国の監視下においている。これは、国の極秘を漏らしたためだけであろうか。そうではないと私は思う。彼の頭脳と正義心、そして彼のカリスマ性と精神の強さが怖いゆえにだと思う。

彼はもう秘密を持っていない。彼が暴露したことは全てサンディ・タイムズが記事に書いたため、今では全世界のみんながネットを通じて知ることが出来る。監視され、罰として規則で縛られているのは、国の内部秘密を漏らすようなことをする人物がイスラエル人の中に今後二度と現れないように、イスラエル人に対する見せしめの為もあるだろう。

実際、モルデハイ・ヴァヌヌが暴露した後に、ディモーナの研究所で働く女性が、内部告発をして刑務所に入れられ、世間を騒がせた。イスラエルが恐れているのはそっちの方なのである。何年も前、亡イエシ・グブール（兵役・戦闘拒否支持団体）代表者を訪問した時、私がヴァヌヌと交友関係にあると知ると、「彼はあんな酷い目に遭って気の毒だ。よろしく伝えてくれ」と言った。こういった国民が多くなるほど、彼が行ったような、占領反対、核兵器廃絶の訴え、パレスチナ国家建国への誘導、ユダヤ選民思想を批判するような行動を起こすイスラエル人がもっとでてくるかもしれない。

それは軍事国家を継続させたいイスラエル政府にとって、非情に怖いことだ。よって、モルデハイ・ヴァヌヌを死ぬまで苦しめること、許さないこと、それがイスラエルの、シオニズム、ユダヤ選民思想・軍事国家を守る手段なのだろう。

少年時代にユダヤ選民思想に違和感を抱き、大人になるにつれ、更にシオニズムの歪みを見抜き、イスラエル社会の嘘に気づいたその鋭い感受性と頭脳、パレスチナ国家が創立されてしかるべきと考える底なき正義心、自分以外にはユダヤ人が参加しないアラブ学生集会に参加するだけでなく、パレスチナ国旗をバックに堂々とアラブ・イスラエリーの学生達に対し「皆さん、パレスチナ国家を創立しましょう」と呼びかける行動力とリーダー性、それを一人でやってのける信念の強さ。国の極秘を暴露すればどのようなことが起こり得るか十分にわかっていたにもかかわらず実行した度胸が、イスラエルのリーダー達は怖いのだと私は思う。

ディモーナ核開発研究所で働いていた時に既にセキュリティ・ファイルに彼の名前が記録されていたが、所内での彼の動きを十分に把握できず、研究所内の極秘核爆弾の真相を写真に撮らせてしまった。これは研究所にとって大失敗であった。核兵器保有を否認してきたイスラエルの大恥だ。お返しは百倍にして返す。これがこの国のやり方である。イスラエルの核兵器保有が世界で公表されて、更に米、仏が共に恥をかいた。陰でアメリカがイスラエルの核保有を認めていたこと、フランスがイスラエルの核開発に協力していたことが公になったためである。

もし彼が刑務所で十八年も縛られていなければ、今頃イスラエルあるいはパレスチナは異なる顔をしていたかも知れない。イスラエルは何をしでかすか予想のつかないモルデハイ・ヴァヌヌのことが、今も昔も怖くて仕方がないのではなかろうか。現在、国は彼を刑務所に三度、送り込もうと躍起になっている。

本当に強い人間は優しいというが、モルデハイ・ヴァヌヌはその言葉そのものだ。人に対しての優しさ。人を思いやる気持ちに溢れた人間性であるからこそ、人生を投げうってでも、イスラエルの核兵器開発秘密計画を世界に暴露し、忠告した。「イスラエルは極秘で強力な破壊力を持つ核兵器を大量に所有している。その一つでも使用すれば、中東は大変な被害を受ける。イスラエルの核兵器保有の現状を把握し、イスラエルがこれを使用しないように、世界はイスラエルを監視しなければならない」と。モルデハイ・ヴァヌヌは事実を暴露したことで刑務所に十八年も繋がれたが、「自分のしたことを後悔していない」と断言している。

モルデハイ・ヴァヌヌのことが書かれた本は世の中に数冊あるが、本によって異なる記述が少なくない。それは十八年間刑務所に入れられていた彼に、事実を確認する機会がほとんどなかった為であったり、著者達がイスラエル秘密諜報機関の指示により、追加で書かされたり変更させられたりしたからにほかならない。核兵器廃絶運動のシンボル、勇敢なモルデハイ・ヴァヌヌ。並大抵の決心では出来ないことを成し遂げた勇敢なあなただからこそ、この国からあなたが自由に出発できる日が来ますようにと願ってやまない。

論創社の森下紀夫氏、松永裕衣子氏、物理の文章を確認してくれた中野達彦先生、モルデハイ・ヴァヌヌのことを心から心配すると同時に支援活動してくださる日本アラブ未来協会の田中博一氏、相談にのってくれた人民新聞編集長山田洋一氏、この本に関心を寄せて相談に乗ってくれた正路怜子氏、野中文江氏、ありがとうございました。何度も繰り返し数々の質問に答え、「私の反核メッセージを日本に早く伝えろ。日本は危ないんだ」と背を押してくれたモルデハイ・ヴァヌヌ、ありがとう。強くて、正直者で、恥ずかしがり屋、切れ味のいいジョークを飛ばす核廃絶運動の英雄よ、イスラエルは抑圧的で住みにくい嫌な国だけれど、あなたに会えて、良かった。

この本を、モルデハイ・ヴァヌヌ、あなたに捧げます。

二〇一六年十一月一日　エルサレムにて

ガリコ美恵子

ガリコ 美恵子（ガリコ・ミエコ）

1965年大阪生まれ。90年モロッコ系イスラエル人と結婚。91年娘ミリ出産後、夫の故郷エルサレムに移住。2カ月後、夫と別離。2度目の結婚も別離。

キブツ・ラマット・ラヘルでボランティアメンバーとして半年暮らした後、テル・アヴィヴ北部でタイ食レストランのウェイトレスなどを経験。その後リション・レツィオンに移り水泳コーチなど。南テル・アヴィヴに暮らし、中学校の特別短期講師、日商岩井テルア支店秘書、スポーツマッサージなどさまざまな職に就く。エイラットで指圧業、エルサレムで中華料理店などを経て、現在は西エルサレムの靴屋で働く。

ビリン村での分離壁反対デモ、フリー・ジェルザレム、シェイク・ジャラ入植反対などイスラエル人平和活動に参加。パレスチナ伝統刺繍製品の販売向上活動、ヨルダン川西岸地区・東エルサレムでのオリーブ収穫ボランティア活動にも携わる。北海道パレスチナ医療奉仕団体コーディネーターを経て現在相談役。

人民新聞コラム“イスラエルに暮らして”を定期的に投稿中。反核の闘士モルデハイ・ヴァヌヌと2006年に出会い、交流を持つ。2016年8月15日テレビ東京の“世界ナゼそこに？日本人”に出演。

反核の闘士ヴァヌヌと私のイスラエル体験記

2017年1月20日　初版第1刷印刷
2017年1月25日　初版第1刷発行

著　者　ガリコ美恵子
発行者　森下紀夫
発行所　論　創　社
東京都千代田区神田神保町2-23　北井ビル
tel. 03（3264）5254　fax. 03（3264）5232　web. http://www.ronso.co.jp/
振替口座　00160-1-155266
装丁／宗利淳一
印刷・製本／中央精版印刷　組版／フレックスアート
ISBN978-4-8460-1589-3